早稲田細胞・一九五二年

鈴木茂夫

Suzuki Shigeo

同時代社

早稲田細胞・一九五二年／目次

第一章　窓のない三畳間

一九五一年（昭和二十六年）秋十月半ばのとある日。

低い太鼓の連打。午前六時だ。朝の勤行の三十分前を告げる一番太鼓。

俺・棚田耕平は、寝床の中でそれを聴いた。

ここは東京都渋谷区穏田、明治神宮の表参道の中程を南へ入り込んだ住宅街。その一画にある教派神道の教会の一室だ。教会は約千坪の敷地に、百五十畳敷きの神殿と住居が一体となった木造二階家、会長家族の住む平屋、それに赤煉瓦建ての二階家がある。元来は、日露戦争での日本陸軍の最高指揮官大山巌の邸の一部だった。それを戦後、教会が買い取ったのだ。

俺が寝起きしているのは、ルネッサンス様式の赤煉瓦建ての二階家の一階だ。それは昔、迎賓館としていた由緒あるもの。空襲で火災にあい、外郭だけが残った。その後、応急の補修を加え、今は信者の八世帯が住んでいる。

玄関の一つから細い廊下の突き当たり、窓のない三畳間が俺のねぐらだ。洋館だったせいで天井は高い。物入れにしていた床板が部屋の半分を覆っている。俺はハシゴを固定してそこを寝床にした。

その下に立っても頭を打つことはない。隔絶した小さな俺の生活空間だ。

＊

一九四九年、俺は名古屋で高校を卒業し早稲田大学第一文学部に入学、この教会に寄寓した。母・迪子がこの教派を信仰している縁による。だが、俺と教会はしっくりしてはいない。

一九四六年、敗戦にともない、台湾から母と二人で引き揚げた。母は愛知県の山村で農婦となり、父祖伝来の田畑を耕しだした。

俺は名古屋に住む父の大学時代の親友宅にあずけられ、不自由ない三年間を過ごした。

母は俺の上京に際し、

「渋谷の教会にあずかってもらうことにしたから、そこで食事をし、勉学に励みなさい」

と言った。俺は教会に寝泊まりし、自由な生活をできるものと了解していた。ところが教会の受け取り方はまるで違っていた。

参議院議員でもある教会長は明言した。

「教会は下宿屋でも寮でもない。信仰者の修養施設である。信者の子弟をあずかるのは、共同生活を通じて、より良き信者として成長してもらうためである。つまり、朝夕の勤行、毎月の祭典、集会、研修などには、率先して参加し、『住み込み青年』の模範となってもらわなくては困る」

教会の立場としては、そうなるのだろう。

俺がこの教派の教義を信仰しているなら、いわれるまでもなくそうするだろう。でも俺の関心のあるのは俺自身であり、哲学であり、文学なのだ。だから、自由でいたいのだ。

それにだ。もう一つの言い分が俺にはある。

教会には約四十人が住み込んでいる。所帯持ちもいれば、独り者もいる。その中の約十人は、毎日、布教に出かけて夜帰ってくる。残る人たちは、境内の整備や、訪れる信者の応対にあたっている。この人たちの生活費は、他の信者の寄付でまかなわれている。俺の生活費を教会が出してくれているのなら、俺もそうせざるをえないだろう。

もちろん、俺自身はこの教会へ部屋代を払ってはいない。でも、母は三河の山村で田畑を耕し、毎月きちんと四千円以上の金をお供えとして教会へ届けていた。

東京での学生下宿の賃料は、一畳につき千円というのが相場だ。それはきちんとした部屋でのこと。俺のいるのは穴蔵だ。俺はタダで理不尽に一室を占拠しているのじゃない。経済的な負担をかけていないのだ。その俺に集団生活に従えというのはひどいじゃないかと。

でも、それを口にすると、この教会での母の立場が辛くなるだろうと思う。母は俺の暮らしざまについて何も批判がましいことは言わない。

会長の小言には頭を下げ、生返事をして、その場を取り繕った。それから二、三日は勤行に顔を出したが、その後は、俺のやりたいように暮らした。何度もこんなことが繰り返され、そのあげく、俺は全く見込みのない人物ということになっていた。教会の中の誰もが、俺を厄介者として見た。母親は熱心な信者なのに、しようのないろくでなしの息子だと噂していた。そのおかげで、何も干渉されなくなり、俺はほっとしている。

枕元のスタンドをつける。暗闇がぼんやりとした明るさに変化した。気だるい目覚め。昨夜来の夕バコの煙がよどんでいた。

寝床からは、三畳間を見下ろせる。座卓に、書籍が散らかっていた。

俺はゆっくりとのびをしてから下りた。すぐに着替える。顔を洗った。部屋に戻ってあくびをする。朝飯は教会で食おう、いや、食わないわけにはいかないのだ。今、手元には四十円しかない。朝飯を外食したりすると、身動きがとれなくなる。だからこそ、一番太鼓で起き出したのだ。

しっかりと太鼓が打ち鳴らされた。勤行のはじまる十五分前を告げる二番太鼓だ。

俺はレンガ造りの建物を出て、すぐそばにある食堂へ急いだ。食堂は三十坪はある長方形の平屋だ。木造二階建ての母屋に接している。薪を燃やす大きなかまどが三つ、そのそばにガスレンジ。それに面して調理台と流し場がある。

午前六時朝食、正午昼食、午後六時夕食。午前六時半朝の勤行、午後六時半夕べの勤行。毎月の一日、八日、十九日祭典。この日課は不動だ。この時間に遅れると、食事は整理棚にしまわれてしまう。でも俺はとっくに、給食対象の人員ではなくなっている。

朝食はおかゆであることが多い。おかずは漬け物。昼食はサツマイモを炊き込んだ飯、おかずは野菜の煮物。夕食は麦の入った飯、みそ汁、魚の煮付けなど。

俺が入って行くと、数人の女衆が働いていた。みんな手ぬぐいを姉さんかぶりにし、和服にもんぺ穿き、法被《はっぴ》をまとっている。

俺は笑顔を作り、頭を下げた。

「おはようございます。よろしくお願いします」

「おや、珍しい。教会の粗末なおかゆでも食べるんですか」

古株の一人が切り口上を浴びせてきた。でもこの際、愛想良くしなければ。

「朝、きちんと起きるといいですね。よろしく」

もう一度、頭を下げると、大釜から丼によそってくれた。室内の約半分は畳敷きになっていて、折り畳みの座卓を囲んで食事をする。俺はその片隅に席を占め、箸を運ぶ。八分がゆが温かく腹に収まっていった。

三番太鼓。勤行五分前だ。

食卓についていた数人と、炊事の女衆がそそくさと神殿に駆け上がっていく。

俺は一人食堂に残った。ゆっくりとおかゆをすする。

神殿から拍子木の音が一つ響いた。一拍おいて、太鼓、鉦、銅鑼の合奏がはじまる。その律動にあわせ、信者たちが、手を振り、教義の基本となるかぐらうたを合唱する。

俺は立ち上がり、大釜からたっぷりとおかゆをすくい、ふたたび座卓に戻った。教会の決まりでは、丼一杯だ。俺の振る舞いは、泥棒猫そのものだ。たいそうに文学といい哲学というくせに、恥知らずの自分がいる。東京に来て以後、俺は慢性的な空腹というか、飢餓感から抜け出せないでいる。志を高くして、毅然としていたいとは思う。でも、欲望にうち勝ったためしはない。

俺は勤行が終わらないうちにと、二杯目をすすり、そそくさと部屋へ戻った。

母は俺が教会で毎食食べているのだから、最低の小遣いとしては足りるはずだと、毎月千五百円を送ってきてくれた。現実には俺は三食を外で食べる。一日百円で暮らすのは至難のことだ。百五十円がギリギリの額だ。というわけで、俺は育英資金の給付を受けている。大学三年次からは月額二千百円だ。授業料が天引きされるから、その全額が使えるわけではない。つまるところ、半月は何とかなるが、後の半月を食うためには、働かなければならない。

俺は机の前にあぐらをかいて、タバコに火をつけた。書棚には、中文の書籍と共産党の文献がごちゃ混ぜに並んでいる。

*

東京へ出てきて三年、俺はもう二十歳になっている。

今も鮮やかに憶えている。

三年前の一九四九年三月はじめの朝、新制早稲田大学の第一回入学試験の日だった。合格すること、文学部に学ぶこと、そのことだけに心が燃え立っていた。

作家になるかジャーナリストになろう、場合によっては学者も悪くない、明日の自分をさまざまに思い描くことができた。

俺は第一文学部東洋哲学科に入学した。

東洋哲学科は四学年の学生数が四十人足らずのこぢんまりした学科だった。新入生歓迎のつどいが、大学に隣接した観音寺で開かれた。床の間を背にして、学科主任の幸田光順教授、その左右に数人の教授・助教授が席を占めた。学生は学年順に、上座から下座へと正座した。

頭を丸めた幸田教授は、小柄だが、背筋を伸ばして端坐している。日光・輪王寺の高僧をかねているという。俺たち新入生に向かって、

「東洋哲学とは、東洋学の一分野である。われわれは、これらの地域で育まれた思想・哲学・宗教を自らの研究対象とするのである。そのためには、広い視野でモノを観察し、着実な学習を積み重ねるのが何より大切である。柔軟な思考と、真摯な学習こそ、われわれの学問の伝統として守っていかなければならない」

乾杯して、盃の応酬がはじまった。俺は酒に弱いから、もっぱら膳の上の料理に箸を伸ばした。かしこまって、二十分も坐っていると足がしびれてきた。俺はたまらず、

「すみません、失礼します」

と大声を上げて、あぐらに組み替えた。失笑となじる視線が俺に集まった。

「君のような場違いな学生が、ここの学科にはいるんだから、楽しいね」

隣にいた丸刈りの男が声をかけてきた。最初に石土光信と自己紹介した人物だ。

石土は俺より二年上級。学生であると同時に、れっきとした天台宗の僧侶。詰め襟の学生服、黒い革カバンを座の後ろに置いていた。背丈は俺と同じ中背だ。頭を丸刈りにし、面長で鼻筋が通り目元の涼やかな人だ。ゆっくりと話す。その声音は若いのに似ず、落ちついていて渋い。

俺は思わず反問した。

「石土さん、あんたは生涯かけて仏教をやるんですか」

俺が問いかけると、石土は嬉しそうにして、

「世帯仏法腹念仏《せたいぶっぽうはちねんぶつ》」

　ぼそっとつぶやいた。

「それどういう意味ですか」

「君、近松の作品を読んだことがないのですか」

「西鶴は少し読みましたが、近松は名前だけ」

「この文句は、近松門左衛門の『今宮心中《いまみしんじゅう》』に出てくるの」

「先輩、もうちょっとちゃんと教えてください」

「このなかで『世帯仏法腹念仏、口に食《くら》ふが一大事』というセリフがあるの。つまり、仏教を信じるのも、念仏するのも、つまりは生活するための方便さ、という意味」

「ふうん、それじゃ先輩にとっての仏教は方便なのですか」

「そうとも言えるし、そうとも言えない」

　視線をそらすと、幸田教授が笑みを浮かべて、俺たちのやりとりを聞いているのが見えた。

「まだるっこいな。どっちなんですか」

「わたしはこれでも坊主です。坊主にとっての唯一の生き方は『世帯仏法腹念仏』しかない。それ以外の生き方は、自分が坊主でなくなること」

「なんだ、そういうことなら、先輩は仏教を信じているんだ」

「いやそれは違う」

「どこが」

「わたしが坊主であるのは、わたしが選んだ一つの生き方。つまり、方便です。だとすれば、『世帯仏法腹念仏』は方便でしかないじゃないですか」

幸田教授が石土に向かって手を挙げた。

「おい石土君、新入生をあんまりからかうな」

「はい、この辺で止めます」

この種の問答は、東洋哲学科ではありふれた冗談のようだった。だが、俺にとっては、物事の順序を考える刺激となった。そして、何かと話し合う年長の友人ができて嬉しかった。

＊

東洋哲学科では、一年生にも三年生の必修科目「原書講読」に参加が求められた。

講読は主任教授が指導にあたり、その研究室で行われた。

テキストに選ばれているのは、梁啓超《りょうけいちょう》の『清代学術概論』。筆者は清朝末の啓蒙思想家であり、政治家であり、ジャーナリストでもあった多才な人である。

今は手もつけなくなっているその書籍は目の前にある。俺は久しぶりにページを繰った。赤く書き込みをしてある箇所が現れた。

天下之物理無窮 已精而又有其精者 随時以変　而皆不失於正　但信諸已而執之 云何得当況其所
為信已者 又或因習気守一先生之言 而漸漬以為已心乎

三年生が講読していく。

「天下の物理は窮まりなし。精にしてまたその精なるものあり。時に随いて以て変ず。而して皆正において失せず。ただ自らの信にてこれをこれに執す……」

幸田教授が口をはさんだ。

「君、その読み方で間違ってはいない。だが、読み方が生硬だ。いわゆる漢文読みから一歩も出ていない。これは近代の文章だ。日本語にかみ砕いて読んだ方がよい。つまり、天下の物理は窮まりない。精であってまたさらに精であるものがある。時に随って変化する、ただ、自らの信ずるところに執着するのは……。このように読んで欲しい」

「はい、分かりました」

「ここでの主意は、この世に生起する現象と判断基準の多様性だ。それは時の流れと共に変化する。、自らの思いこみ、つまり独断に固執していては、正しい理解を得ることはできないということだ。次へいこう。うん、一年生にどれだけ学力があるのかな。君、読んでみなさい」

主任が俺の顔を見て、うなずいた。

『生存一日当為生民弁事一日』質而之 為做事故求学問 做事即是学問 舎做事外別無学問

「一日、生存するは、まさに一日を生民《せいみん》の事に弁ずべし。これを質《ただ》し、事をなさんが故に学問を求むべし。事をなすことがすなわち学問なり。事をなすことの他に学問はなし……」

「分かった。それだけ読めれば、授業は理解できるな。不明の箇所は、先輩に教わるように」

誉められると嬉しかった。

梁啓超は、近代ヨーロッパ文明と中国文明との対比を試みている。それは、中国の近代化への模索である。

高校で学習していた古典漢文とは違った世界が広がっている。とはいえ、授業に先立って、予習をするのは難儀だった。難解な字句は、漢和大辞典か康熙字典《こうきじてん》で確かめなければならない。そのためには、大学図書館にこもってノートに書き写さなければならない。それを怠って出席すると、惨憺たることになった。主任教授は、顔面を紅潮させて叱責するのだ。

「まるでなってない。書を読むということは、先人の足跡をたどり、その思考を究めることだぞ。一字一句をおろそかにしてはいかんぞ」

叱られながらも、俺はこれが大学なのだと思った。

その反面、俺はこの地道な学習にどこまで耐えられるのだろうかと不安だった。俺はその学風に恐れをなした。こんなことをやっていると、作家になる夢がついえてしまうと思った。

俺は強引に文学科に転じることこそ、自分を真に生かす道だと決め込んだ。それから、どこか文学科で欠員があり、転科を受け入れてくれるところはないかと探しまわった。

俺が転科の希望を述べると、黒いスーツに身を固めたロシア文学科の主任教授は、

「君はこれまでロシア語を学んでいない。だから、前期課程の二年生に留まって語学の基礎を固めること。それと、学生運動に参加しないということを誓約できるなら、受け入れよう」

俺は哲学科から遁走することで頭がいっぱいだったから、一も二もなく、

「はい」

と返事した。

こうして俺は、ロシア文学科の二年生のクラスに編入できた。

＊

学園の中には、社会変革を訴える先鋭的な学生たちの叫びがあった。

アメリカを中心とする自由主義陣営とソビエトを中核とする社会主義陣営の対立は激しくなっていた。占領下の日本国内にも二大陣営による冷戦の影響が鮮明になっていた。

一九五〇年一月、ソ連を中心とするヨーロッパ九ヶ国共産党の情報局・コミンフォルムは、機関紙『恒久平和と人民民主主義のために』で、日本共産党の平和革命論を誤りだと批判し、日本共産党はそれを受け入れた。

連合国軍最高司令部は、日本共産党を侵略の手先と非難。一九五〇年六月六日、日本共産党中央委員二十四人を公職追放処分とした。これを契機として党の指導部は地下に潜行、非公然活動をはじめる。

そして六月二十五日、北朝鮮軍は三八度線の全域にわたり韓国に侵攻、朝鮮戦争が勃発。血みどろの戦闘がはじまった。学生自治会が呼びかけていた。

それはアメリカ帝国主義の世界制覇をめざす陰謀である。アメリカの野望をうち砕かなければ

ならない。日本に社会主義革命を実現する対決の時が近づいている。平和的に日本の民主化が実現すると考えるのは妄想である。学生も労働者階級と連帯し、その革命の前衛となろう。全学連の旗のもとに結集団結しよう。

こうした声は、俺の心を揺さぶった。

そして、南の島に戦死した父親の仇をとろう、その弔い合戦が革命ではないのか。父への思いは、これまで誰にも明かしたことはない。心の底に、火が燃えだした。

日々に生起している社会の激しい変化に心が走ってしまっていた。社会変革の一翼を担うことこそ、新しい時代に生きる青年の責務ではなかろうかと焦った。地道に学習しようという決意がゆらいだ。と同時に、それはまっとうな学問からの逃避であるという後ろめたさも感じていた。そのことをずいぶんと考えた。そして……

この年のはじめ、俺は何かに追い立てられるように、日本共産党に入党。早稲田大学細胞の一員となった。

第二章　劇団自由舞台総会

原宿駅から国電に乗り、高田馬場駅から学校まで歩いた。

昼下がりの日差しが明るい。

演劇博物館の両脇の銀杏並木が、黄金色に紅葉している。

俺は落ち葉を踏み、並木に沿った経理課の窓口に学生証を差し出した。

初老の女事務員は、眼鏡ごしに俺を凝視した。そして何かを納得したようにしてうなずき、

「今回の育英資金は、十月、十一月の二ヶ月分で合計四千二百円。そのうちの一月分は、授業料に組み込むから支給額は二千百円。この受け取り証に所属学科、学生番号、氏名を書いて」

俺は第一文学部ロシア文学科、学生番号七番、棚田耕平と記入した。

事務員は、ふたたび俺を確かめるように眺めてから、丸いトレーに金を載せた。

俺はそれをズボンのポケットに入れ、軽く頭を下げて外へ出た。これで一週間は暮らせる。

その直前に、文学部地階の生活協同組合で、タバコのばら売りでハッピーを五本を買った。代金二十円、それが有り金のすべてだった。でも、今は違う。豊かな気分だ。

構内に学生の影もまばらだ。知った顔にも出会わない。どこへ行くというあてもない。たまたま、大隈銅像の下のベンチが一つ空いていた。そこに坐る。

背広の胸ポケットから、タバコを抜き出して火をつけた。昨日から吸っていなかったせいだ。深くタバコを吸い込むと、頭の中をニコチンが駆け回る。めくるめくしばしの陶酔。

ふと、大隈講堂の時計に眼をやる。劇団自由舞台の総会が開かれる定刻の午後三時は間もなくだ。正門脇の二号館法学部の地下の部室に行く。室の奥には、すり板ガラスの入った窓がある。窓の外側には、奥行き二メートルほどの空間が地上に開いている。換気と採光のためなのだろう。

室内の左右の壁には、黒板が一つ、物入れの棚があって、古い台本やがらくたと私物が投げ込んである。

もう大勢の仲間が集まっていた。かき分けるようにして、どうにか坐ることができた。

奥に席を占めていた劇団幹事の田坂醇が立ち上がった。

「じゃあ総会を開こう。きょうの議題は、来年五月に予定している大隈講堂での演目をどうするかなんだ。幹事会で幾つかの案を検討した結果、一本に絞りました。それについて、演出部の窪寺博史君から報告と提案をしてもらいます」

田坂は、劇団創立メンバーの一人。

「俺は芝居が好きなんだ。そして舞台に立つことが何より好きなんだ。俺は将来、芝居でメシを食おうとは思っていないけど、ずっと芝居と関わっていたい」

これが田坂の信条だ。上背のある田坂は、声もよく伸びる。政治的に、あるいは思想的に、社会主義でも資本主義でもない。人間の善意を信じている。こうした人柄から、誰もが醇ちゃんと親しむ、劇団の芯だ。

窪寺は坐ったまま頭を軽く下げ、一気に話し出した。

「来年五月の自由舞台第九回公演には、コンスタンチン・シーモノフの『プラーグの栗並木の下で』を取りあげたい。コンスタンチン・シーモノフは、現代ソビエト文学を代表する作家の一人だ。そしてこの芝居は、チェコの人民が、ソ同盟の支援によって、ナチス・ドイツの抑圧から解放された状況を描いている。言い換えるならば、世界の平和勢力の核心であるソ同盟とチェコの国際的な連帯によって、民族解放が実現したことのみごとな形象がある。だからこそ、この作品を取りあげたい」

窪寺は学生服のボタンを外して両手を広げ、色白の顔面を紅潮させて話しつづける。

窪寺は、胸にたまっていた思いを一気に吐き出したようだ。そして、自らの提案に反対は認めないぞという気迫をこめ、みんなの顔をゆっくりと見回した。

「俺は賛成する。現在の情勢も、芝居の内容もよく分からないけど、田坂醇ちゃんと窪寺君とでこれにしたいっていうのなら、それでいいよ」

浅野克己が、右拳を突き出して賛成した。

「異議なし」

「賛成」

「幹事一任」

「ありがとう、じゃあこれで決定だ。実はみんなの賛成を見込んで、台本は発注しておいたんだ」

田坂が床に積んであった台本をみんなに配った。

「それじゃ、みんな、読んで欲しい」

台本には、『プラーグの栗並木の下で』四幕五場、原作コンスタンチン・シーモノフ、土方敬太訳とあった。

ざわざわと紙をめくる音。タバコの煙。誰もが台本に集中しはじめた。

俺もガリ版刷りの台本を読んでゆく。


一九四五年五月、チェコの首都・プラーグにある医師フランチーシェク・プロハーズカ博士の居間。

ソビエト軍がプラーグに近接しつつある。

ナチス・ドイツ占領軍に対して、チェコ愛国者たちが反乱に立ち上がっている。

ソビエト軍の到着が間に合うだろうか、不安と期待の押し迫った緊張。

プロハーズカの静かな家。

彼の娘ボジェーナがソビエト軍の看護婦マーシャの決死的な助力によって強制収容所から脱走して帰宅した。

ボジェーナの婚約者である医師マチェクは再会を喜ぶが、マーシャをかくまっているのは、危険だと言って、ボジェーナとの間に深い亀裂が生じる。

ソビエト軍の戦車隊が町に突入してきた。

プロハーズカの息子ステファンがソビエト軍と共に、帰ってきた。

ステファンは、ナチス・ドイツがチェコを侵略したその時、祖国の解放と独立を誓ってソ同盟に逃れてチェコ軍団に参加。チェコの若者たちと共に闘ってきた。

市街戦に参加していたプロハーズカの次男リュードビクが、ソビエト軍の指揮官の一人ペトロフ大佐をともなって帰宅した。ペトロフ大佐は負傷している。すぐにプロハーズカが手当てする。

ボジェーナにペトロフ大佐への慕情が芽生える。

プロハーズカ家の居間での語らい。この居間に集まった何人かの男たちは、ペトロフ大佐、詩人のチーヒー、盲目のジョキチは、かつてスペイン内戦で闘っていた戦友であった。国際旅団・第七旅団の歌声が響く。

激動する状況に戸惑い、ボジェーナと世俗的な幸福を求めようとするマチェク。ボジェーナは、きっぱりと二人の愛の破綻を宣告する。

解放されたとはいえ、プラーグの中には、陰険な反動分子が潜んでいた。

盲目のジョキチは、プロハーズカの古い友人としているグルベックの声から、ナチス・ドイツの強制収容所で無実の人の虐殺に関わっていた人物であることを突き止める。

自らの正体を暴露されたグルベックは、プロハーズカの次男リュードビクを射殺。

プロハーズカは、呆然として立ちつくす。

「耕平、ちょっと」

俺の隣に、窪寺が坐ってきた。

「読んだか。この台本、悪くないだろう」

「うん」

「そこでだ。役者をやってみないか」

「えっ」

「俺のイメージでは、君こそ主人公となるステファンの役が、ぴったりなんだ」

ステファンは、チェコの明日を担う若者の代表なのだ。

俺はその一言で、窪寺のなみなみならぬ好意を感じた。窪寺は、俺に何も聞いたことはない。俺は劇団の仕事をしていても、時に慌ただしく出かけたりすることがある。そのことから、窪寺は俺が何をしているかを察知しているようだ。つまり、党の一員であることをだ。窪寺もついこの間までは党員だった。しかし、党から反党分子として処分され、活動はしていない。

「ありがとう。役者はやってみるよ。でもステファンは重すぎる。俺には不安動揺する医師のマチェクをやらしてくれないかな」

「分かった。それじゃステファンは、浅野に任せよう」

窪寺は立ち上がって、もといた場所に戻っていった。

「みんな、ひとわたり眼を通してくれたと思う。演出は僕にやらせて欲しい。いいかい」

「異議なし」

「それじゃあ、僕がイメージしている配役を言う」

「ちょっと待ってくれませんか」

俺の隣にいた北山和己が手を挙げた。俺より一年年長だが、旧制高校に在学していて、新制大学に入るのが遅れ、一年下級の仏文科にいる。

長身の北山は童顔だ。瞼がせわしなく動く。照れているのだ。

きっかけをそがれた窪寺が、いぶかしげに問いかけた。

「何」

「あのですね。僕、僕は、出演したいんですが、希望を言ってもいいですか」

思いがけない申し出だ。窪寺の眼に狼狽の色が浮かんだ。喉仏が動いた。言葉の一つ二つを飲み下したのだ。そして、

「とりあえず、聞くことにするよ」

北山は立ち上がった。細身だが、長身なのだ。

「僕はですね、盲人のジョキチをやりたいんです」

「どうして」

「戦いで傷つき、視力を失った人物、でも一途に自分の信念に生きようとしている人物、こんな人物像に挑みたい」

窪寺は、眼を細めて、北山を凝視し、笑顔で応えた。

「わかったよ。そうしよう」

窪寺は、俺には医師マチェクの役を振り当ててくれた。

長い総会は終わった。

外に出る。灯のともった教室では、第二学部の学生たちが授業を聞いていた。

第三章　智子との絆

俺は忙しくなる。

智子に会おうと、大隈講堂横の小道を抜け、急いで荒川行きの都電に乗った。帰宅する通勤者で車内は混んでいる。大塚駅前で国電山手線に乗り換え、日暮里駅で降りた。すぐに谷中墓地へ入る。左手にこんもりと黒く浮かび上がっているのは、天王寺の五重塔だ。墓地の中の一筋の道、両側にはさまざまな墓石。墓地を抜けると数軒の寺、その先の四つ角を右に曲がると、四階建ての東京薬科大学女子部の建物が建っている。

腕時計を見る。七時前だ。俺は道路を隔てて、正面入り口の前に立つ。きっとまだ、いるはずだ。十分ほどすると重そうなカバンを提げた女子学生が数人、階段を下りてきた。その中の小柄な一人が俺に向かって手を挙げた。

智子だ。急ぎ足で道を横切ってくる。首筋で刈りそろえた黒髪が揺れる。智子は薬剤師の国家試験に備え、忙しいと言っていた。

「耕平、待ったの」

よほど根をつめていたのだろう、眼が充血している。

「いや、少し前に来たばかり。今まで授業なの」

「みんなと実験していたのよ。お腹がすいているんでしょ」

「いつものことだけどね」

「じゃあ学食に行きましょう」

智子はまた学内へ向かう。俺はその後に従う。地階の学食では、二十人ほどの学生が、あちこちに席を占めて食事をしていた。

俺たちは、隅っこの席に腰を下ろした。ここでは男は場違いなのだ。四方からさりげなく、でも好奇に満ちた眼差しが俺に集まる。

「いつもどおりなの」

「うん」

カウンターへ向かった智子が、膳の上に丼と皿を載せて戻ってきた。

俺はしょうゆ味のラーメンをすすり、いなり寿司を頬張る。

俺の正面に智子、微笑しながら箸を使っている。俺は温かくなってきた。

「実験て、どんなことをしているの」

「あのね、官能基と炭水素基の実験なのよ」

「はっ」

智子はカバンの中からノートを取り出して広げた。丁寧な筆致で、亀の子記号と化学式が綴られている。俺にはまるで理解できない分野のことだ。

「基礎薬学なのよ。これは有機なの」

「ごめん、まるでお手上げだよ」

「耕平、有機ってわかる」

「言葉は聞いたことがある」

「あのね、有機っていうのは、炭素を含んでいる化合物をさすの。そして官能基っていうのは、それがどんな有機化合物かっていう特徴を決める原子団のことなの……」

「ふうん」

俺は丼を持ち上げ、残り汁を飲み込む。智子はそんな俺を凝視している。

智子と俺のだんらんのひととき。多くを語らなくても、心の通う二人になっている。

＊

去年の秋。知り合いの友人から、この大学の文化祭を手伝って欲しいと頼まれた。菊池寛原作の『父帰る』をやりたいとのこと。

俺は自由舞台の友人二人に声をかけ、公演の手助けをした。にわか作りの演劇グループの中心にいたのが山中智子だ。広い額に現知的な瞳、やわらかな話しぶりだった。

授業が終わる夕刻から、毎日二時間稽古した。ぶっ続けでやると、みんなの顔に疲労感が表れる。

お疲れさま。また明日だ。

何人かの学生は、学食へ行き、ラーメンを食べる。

こうしたある日、みんなで学食へ行こうとした時、俺は恥ずかしかったが智子に言った。

「僕はちょっと、金欠になってるんだ」

智子は一瞬、きょとんとしたが、

「心配しないで。任せておいて」

小声で応じた。智子の心遣いが胸に沁みた。

俺はとんでもないことを口にしてしまったと、顔に血が上ってくるのを感じた。俺は物乞いをしてしまったのだ。たしなみとして、口にして良いことと悪いことがある。俺は、「ちょっと急ぎの用があるから、お先に失礼」と、その場を去るべきだった。俺の金が欠乏しているのは、智子と関わりのないことだ。身勝手な言い分としては、連日、上野に通ってきているため、アルバイトをする時間がなくなり、手持ちの金が底をついてきたのだ。でも、俺は食欲に勝てなかった。こんな俺の卑しさを、なぜ、智子にさらしたのかと俺は自問する。智子には、こうした俺を露《あら》わにすることができる俺自身が見えた。そのことに気づいて俺はうろたえる。

智子は膳に丼を二つ載せて運んできた。

「棚田さん、お待ちどおさま」

俺は軽く頭を下げ、黙って箸を運んだ。ラーメンから立ち上る湯気で、眼鏡が曇り、智子の顔がかすんで見えた。そのことで俺は少し、気が楽になった。

その後、俺たち二人は、肩を並べ少し離れて歩いた。日暮里駅までの短い道中、何も話さなかった。二人の間に、何かが芽生えている。黙っていることで、話すことより、濃密なひとときとなっていた。

その翌日から、本番の終わる日まで、俺は智子の世話で、ラーメンを食べた。

本番の当日。

会場となった教室は、数百人の学生で埋まった。女の熱気が充満している。

幕が上がった。俺は男役の智子だけをみつめていた。

一ヶ月余の稽古が、教壇を使った狭い舞台でそれなりに実を結んでいる。俺は演出者として、嬉しく思った。

幕が下りた。大きな拍手。舞台では俳優が肩を抱き合い、涙していた。

お疲れさま。

俺たちの仕事も終わった。

この夜も、俺は智子と学校を後にした。はじめて俺たちは腕を組んだ。その腕に伝わる智子の温もりを抱えるように俺は歩いた。

俺たちは上野公園の小道に入る。ふとケヤキの木立のかたわらに足を止めた。

腕をほどいて智子は俺を見上げた。俺は智子の頬を両掌で包んだ。慄えた智子の感触。何かを待ち受けるように智子は眼を閉じた。俺は智子に唇を重ねた。二人の歯が打ち合って、堅い音がした。

「耕平さん」

智子の低い声。

「智子ちゃん」

智子はカバンを地面に下ろした。両手を広げて、俺の胸に身を寄せた。

それから間もなく、智子は俺の室を訪れた。その日、俺たちは肌を合わせ、「耕平」、「智子」と呼ぶ仲になった。

しかしそうなった直後に、智子が俺自身を何も知らないし、俺も智子を理解してはいないことに気づいた。そしてそのことに戸惑った。知るべきこと、理解しなければならないことは何なのかと。お互いに知り合うとは、何だろう。通常、それは、氏名、生年月日、本籍地、家族、学歴、性格、趣味、思想・信条などを認知することだ。戸籍謄本や履歴書、それに身体検査書、これらの書類が、個人の存在とその内容を判定する資料だ。これらに書き込まれている事項の多くを、お互いに知らないことは事実だ。でも、それらのことと関わりなく、俺たちは互いに惹かれ、互いに包み込もうと合体したのだ。俺たちは、互いの瞳にきらめくものを見た。それは衝動的な激情だったのだろうか。そうではない。俺たちは、二人して歩こうとしたのだ。それが何かを、俺は口にできなかった。それから、俺はよくしゃべるようになった。

俺は小説を書きたいし、芝居にも関心があるし、社会変革にも心を惹かれると言った。こんなことを口にすると、それは俺がどれだけ、雑然としているかが分かる。そのいずれかのことを選び取ることができてはいない。選び取ろうとすると、未熟な自分の姿に直面して、たじろいでしまう。

「僕はね、何かになりたい、何かになろうと思っている。でも、心に浮かぶその何かのどれ一つも選び取れないでいるんだ。世の中がどのようなものかが、よく見えていないし、見る力が弱いからだと思う。つまりそれは、僕自身に何ができるか、あるいは何をするかが、分かっていないからだと思うんだ」

「文科系統の人っておもしろいのね」

智子は笑っている。転がるような声音で笑う。

「なぜ」

「わたしは高校の時から、理科が好きだったから、薬科大学を選んだわ。だから、ここで学ぶのは薬学よ。先生が黒板に書くのは化学式。特定の化学式の結果は一つだけなの。それは誰がやっても同じ結果になるの。わたしたちの勉強は、簡単に言うと、化学式をたくさん理解することだわ。でも耕平さんは、何と何とを関係させようとしているのか、何と何とで式を立てようとしているのかで迷っているみたい」

智子は俺の胸の中の状態を言い当てている。

「君の理科的分析は、間違っていないよ。でもさ、君たちの対象としている薬品や化学物質の特性というか機能は、一定だろ、でも生身の人間の個性や資質は、一定じゃない。だから、ある人の場合、君の言い方で言えば、式が成立して、ある結果が出ても、別の人の場合には、そうとは限らない」

「化学では、誰もが認める式、つまり公式とか定理とかがあるわ。でも、文科系の人たちは、そういったことを認めるのじゃなく、個別の式と結果しかないって言ってるのかしら」

「あのね、文科系でも、誰もが認める、認めざるを得ないことを突き止めようとしているの。真理といわれているのが、その求められているものだよね。ところがこれが問題なんだな。ある考え方が主張されると、それに対する反論が行われる。そのどちらが正しいかについての、判定はない。文科系では測定器具を使わない。つまり、測定する際の誰もが理解できる単位も存在しない。あることについての名称も、人によってその意味内容が違っている」

「測定方法が決まらない以上、個別の式に個別の答えが出るのは分かるわ。でも、そうなんだったら、答えもちゃんと出ないいんじゃないの」

「式と言っているものは、問いかけと言っても良いと思うんだ。問いかけはあっても、十分な答えの出ていないものはたくさんあるよ。たとえばさ、神とは何か。時間とは何か。空間とは何か。人間とは何か。精神とは何か。自分とは何か。こうした問いかけに対して、実にさまざまな答えがあるんだ。そしてそれを上回って、それに対する反論もある」

智子は不思議そうな顔で聞いている。俺も智子の言い分をおもしろいなと受け止める。俺は智子と話していると、早稲田で学友と話すよりは、よほど素直に自分を主張できた。ひとしきり、話し合うと俺たちは手を握りあって歩いた。智子の手の温もりがいつも俺には嬉しかった。

第四章　社会主義リアリズム

キャンパスの中の四号館は、南門を入ったすぐ左手の四階建て。それが文学部の校舎だ。その向かい側は図書館だ。文学部の正面は、ちょっとした広場になっている。

俺は図書館の裏階段に腰を下ろした。ここからは、文学部の前の小さな広場の全景を見渡せる絶好の場所だ。数十人の学生がベンチに腰掛けたり、芝生で輪になって話し合っている。

俺は観察する。それは群集劇の一場面を見るようだ。顔見知りの連中が大勢そこにはいる。

スーツもスカートも帽子も黒一色にまとめ、紅のバッグを小脇に抱えた女が一人、図書館横から登場した。ゆっくりとした足取り。脇目もふらない。男たちの視線が自らに集まるのを十二分に意識している。表情一つ変えない。芸術科の黒岩和子だ。戦後の詩壇に新風を吹き込んだ個性として知られている。

和子は広場のまん中で立ち止まった。顔見知りの男子学生たちが声をかけると、はじめて微笑した。和子はベールを上にたくし上げ、バッグからタバコを取り出した。男の一人があわててマッチをつける。和子は一服、二服、長い煙を吐いた。さっと軽く右手を上げて、校舎へ向かう。階段の踊り場の手前で、和子は立ち止まる。片足を二段上に置き、やおらストッキングに手を伸ばし、足首から膝、太股へとたるみを直す。それからさっと教室へ行くのだ。はじめてその光景を見た時は、驚いた。衝撃を受けたのは、俺だけではない。広場にいたすべての学生の視線がそこに集まっていた。それは毎度繰り返される和子の登校行事だった。やがて、誰も関心を寄せなくなっていた。しかし、和子は倦むことなくそうしている。全身で女を表現しているのだろう。

ざっくりしたツイードのジャケット、太い黒縁の眼鏡をかけ、面長の額にかかる黒髪をかきあげているのは国文科の南川文彦だ。平明な詩を書く。先祖は代々、幕府天文方にあって、暦の制作に関わっていたという。生粋の東京言葉。あか抜けしている。

誰も明日がどうなるか知ってはいないけれど……。

これを眺める俺自身の明日の姿を、俺は思い描けない。それが何とも情けない……。

俺があくびをして、両手を頭上に伸ばすと、その手を誰かがつかんだ。

「よおっ」

見上げると同級生の石丸太郎だった。がっしりした大柄な体躯、笑顔が魅力的だ。太郎は群馬の機織り工場の跡取りだ。戦後、間もないころ、都立青山高校で日本共産党に入党、文学部自治会の幹部だった。

昨五〇年秋、全国の多くの大学でレッドパージ反対闘争が繰り広げられた。共産主義者とその支持者である大学教員を追放するという政府の方針に反対して、全国の数多くの大学で、学生たちが立ち上がった。太郎は、文学部の執行委員の一人だった。早稲田でも、文学部は秋の試験をボイコット。

全学の「平和と大学擁護大会」の後、大学本部に詰めかけた学生百四十三人は検挙された。そしてそのうちの八十二人は除籍処分とされた。

太郎は検挙されなかった。それ以後の太郎には精気がない。

「太郎、坐れよ。ここから眺めていると、おもしろいんだ。誰もが何を、あるいは何に志しているかが見えるように思うよ」

「なるほど。髪形と服装、そして手振り身振りだな」

「うん、俺はさ、今度はじめて俳優をやるんだ。俳優であるためにと、見ていたんだ……」

その時、南門の方から一人の男が歩いてきた。俺たちと同じクラスの松山隆三だ。小学生の学帽のような黒色のレーニン帽、ベージュ色のルバーシカ、黒色の乗馬用長靴、腰に旧陸軍の下士官が使っていた革製の雑嚢を下げている。ロシア革命に登場するコミュニストの扮装だ。小柄な松山は、誰彼なく笑顔を振りまきながら、どこかへ消えた。

俺は太郎の肘をつつき、二人で顔を見合わせた。太郎が吐き捨てるように、

「あいつは猿芝居の役者だな」

俺はうなずいた。

いでたちは、本人の意図以上に、その人柄の内面を表出しているものだ。その松山は今、大学細胞のキャップだ。

細胞とは、共産党組織の最小の呼称だ。学校、企業など、そこに党員が三人以上いれば細胞そっくり、組織として活動する。早稲田大学細胞には、数十人の学生党員がいるということは俺はあの男の

指揮下にある。それだから、この矮小な自己表現に陶酔している男に反発をおぼえる。そして、俺は血気にはやって軽率に入党してしまったのではないかと思うのだ。

太郎は腕組みして、吐き出すように、語りだした。

「俺が共産党に入った時、党は明るかった。誰もが自由に発言し、それぞれの個性を主張していた。俺はその明るい党の雰囲気が好きだった。ところがだ。五〇年一月はじめに、コミンフォルムが日本での平和革命路線が間違っていると批判して以来、党は変わった。正確に言うと、党内は分裂した。早稲田と東大の細胞は五月はじめ、党から解散を命じられ、主だった連中は除名された。つまり反党分子だとされたのさ。いっぽう、党の指導のもとで、早稲田では細胞が再建された。党は武力闘争に路線を変えている。その責任者があの男だ。あの鼻持ちならない奴がだ」

俺はうなずきながら、太郎の言い分を聞いていた。太郎は、今も党を愛している。だから変質してしまった党と党員に、やり場のない怒りをぶっつけている。

「太郎、あの偉いお方がお見えになったので思い出した。たまには授業に出てみないか」

「耕平、珍しいことを言うな。じゃあ、つき合おう」

＊

こぢんまりした教室に、白野寅男教授が入ってきた。「ソビエト文学思潮」の講義だ。

豊かな髪を撫でつけ、大柄な体躯をグレーのスーツで包んで、黒板を前にした。白野教授は四十九歳、早稲田を卒業して、母校の教壇に立っている。関西訛りで、歯切れ良く語る。

「ソビエト文学もロシア文学もロシアの風土と歴史の中から生まれたものである。いいかね、一九一七年の革命によって、ユーラシア大陸に人類史上はじめての社会主義国家・ソビエト社会主義共和国同盟が生まれた。それでや、この社会主義の実現のために、芸術の分野での原動力となり、表現の方法となるものこそリアリズムだ。では、社会主義リアリズムとは何か。君らも一度は眼にしたことがあるだろう。そうだ、一九三四年五月六日、ソ同盟共産党機関紙プラウダは、次のように述べている」

白野教授は、チョークを握って黒板に向かった。

社会主義リアリズムは、ソビエト芸術文学ならびに文学批評の基本的な方法であって、それは現実をその革命的な発展において、正しく歴史的に具体的に描き出すことを芸術家たちに求める。その際芸術的な描写が正しくて歴史的に具体的であるということと、勤労者たちを社会主義の精神において思想的に改造し、教育するという課題とは、結合されねばならない。

白野教授は、書きつづった文言を読み上げた。そして、

「ついで一九三四年八月、第一回ソ同盟作家同盟大会で、ソビエト共産党中央委員会書記ジュダーノフは、次のように演説した」

ふたたび黒板に書いていく。

同志スターリンは、わが国の作家を人間の魂の技師と呼んだ。これは何を意味するか。この意味は諸君にいかなる義務を課するか。第一にこのことは、生活を芸術作品の中で正しく描き、

スコラ的ではなく、屍のようにではなく、単に「客観的リアリティ」としてではなく、現実をその革命的発展において描くために、生活を知ることを意味する。

この芸術的描写の正しさと歴史的具体性とにおいて、勤労人民を社会主義の精神につくりかえ、教育する課題を結びつけなければならない。このような芸術的文学と文学批評との方法をわれわれは社会主義的リアリズムという。


「社会主義リアリズムで武装したソビエトの文学は、勤労者たちを社会主義の精神において思想的に改造し、教育する使命を与えられるようになった。ソ同盟における社会主義建設のさなか、一九四一年六月、ナチス・ドイツは強大な軍事力を発動してソ同盟への侵略を開始した。これを契機に、言葉を変えるならソ同盟の文学者は、自らの文学を社会主義の祖国・ソ同盟を防衛し、戦いに勝利するための、愛国的団結とファシズムへ対する果敢な闘争のシンボルに結晶することとなった」

白野教授は、社会主義リアリズムの歴史的な意義と、第二次大戦におけるソビエトの戦争文学の特徴を述べている。その説明は明快だ。関西訛りの語り口は、共通語のそれより奇妙に説得力がある。

授業は終わった。しかし、受講していた十数人がそのまま残っていた。

野中武雄が立ち上がって、口を開いた。

「白野先生は、的確に社会主義リアリズムの本質を指摘しているよ。われわれの文学、つまり現代日本の文学に欠落しているのは、まさにこの点だと思う」

「君、それは日本の文学に階級性を確立するということかい」

高野明が問いかけた。

「もちろんだよ。文学は闘う人民のシンボルにならなければならない。それが文学者の生きる道だ。それしかない」

「文学者は、ペンを通して人民に奉仕しなければならないんだ」

俺は黙って聞いている。今、教授が語り、学友が語っているのは、俺の思い描いていたロシア文学の世界ではない。

ロシア文学科で、ソビエト文学を取り上げることは当然だとは思う。とはいえ、ロシアには、より優れた文学の伝統がある。

俺の心惹かれていたのは、ロシアの風土に生き、ロシアの信仰を背骨とし、貧しい人びとの苦しみに心寄せる作家たちだった。もちろん、授業ではロシアの作家が取り上げられた。その際、これらの作家を論じる規範としては、社会主義リアリズムが用いられた。これが俺には、どうにもなじめない。俺の理解してる文学は、自らの中にその規範を求める。俺は授業の中身とクラスの雰囲気の双方に違和感をおぼえていた。それを口実にして、ロシア語の学習にも身を入れていない。

＊

「太郎、お茶でも飲まないか」

俺たちは、教室を出て、近くの喫茶店・エリーゼに入った。店内には数人の学生がひとかたまりで話し合っているだけだ。この連中から、少し離れて席を占める。店のまん中に据えてある電気蓄音機からジャズの旋律が流れていた。

俺は胸の中にあるわだかまりをぶっつけてみた。

「俺はさ、白野教授の話を聞いている最中は、ついつい聞き惚れてしまう。だが待てよと思う。スターリンは文学者を『人間の魂の技師』と呼んだという。この言葉は有名だ。だが、不勉強な俺は、いつどこで、誰に向かって言ったのかは知らない。だけど、俺はこの言葉にぞっとする。俺の理解する限り、『技師』には、『操作する』『執行する』『制御する』という意味があるだろ。機械であったり、装置であるならば、技師は必要だ。でも、人間の魂を操作したり、制御したりするのが、文学の目的なのだろうか。共産党は、人民の魂を操作する手段として文学をみているのかい」

太郎は笑いながら反駁した。

「スターリンが文学者に課している任務は、単に『客観的リアリティ』としてではなく、現実を革命的発展において描くことなのだと思うよ。それは現実をありのままに描くのではなく、社会主義にとって好ましいように描くことが正しいと主張しているのだ。つまり、あるがままの姿の上に、あるべき姿をということじゃないのか」

「そこなんだ。君は『スターリンが文学者に課している任務』と言っただろ。その点が、根本的な問題の一つじゃないか。なぜなら、スターリンはソ同盟の最高政治指導者だ。スターリンは、社会主義革命という政治目標の実現のために、文学が従属することを命じている。ソビエトの文学、社会主義リアリズムは、単なる政治宣伝の道具にしか過ぎないぜ」

太郎は俺の言い分を何度も首を横に振って聞いてから、

「日本にとって、最も重要なことは、民主的な人民政府の樹立だと俺は思うんだ。国内に今も存在する反動的な勢力を駆逐することだ。その目標の達成のために、文学もその一翼を担う。言い換えれば、文学は政治に従属して、革命の武器となる。それが抑圧されている人民を解き放つ唯一の正しい方向だからだと思わないか」

太郎は、文学が政治に従属するべきと言っているのだ。それは違う。

「太郎、それは問題のすり替えだ。俺は現在の政治的課題と文学の関係を問題にしているんじゃない。文学そのもののあり方を問題にしているんだ。党の綱領・決定、あるいは組織に準拠して文学を構築する、それは文学とは異なると思う。近代ロシア文学は、帝政ロシアの矛盾と暗黒面をみごとに描いている。西欧的な思想・文化に目覚めたロシアのインテリゲントの多くが、苦悩し社会変革をめざし、挫折した、その足跡に照応している。当時のロシアの作家は、社会主義リアリズムに立脚してはいない。しかし、多くの傑作を生みだしている」

「俺はさ。ソビエト文学は、そのソビエト社会の闘いのシンボルとしての使命を担うのが当然だと思う」

「俺はソビエトの初期に活躍した同伴者と言われる一群の作家のことを思うんだ。この人たちは、帝政ロシアが倒れ社会主義革命が成功したことの歴史的意義は認めていた。しかし、この人たちは共産主義者ではなかった。その中の一人にボリス・ピリニャークという作家がいた。この人は、社会主義リアリズムについてどのような考えを抱いていたのか。これもたまたま、大学図書館に収蔵されていた『露国共産党の文芸政策』で読んだことがある。この人は、ソビエト作家同盟の集まりでこんなことを言っているんだ。ちょっと見てくれよ」

俺はノートに書き写してあったメモを取り出した。

ロシア共産党は、私にとってロシアの歴史における一つの環でしかないのだ……私が現在書いてる以外に書くことは私にはできない、また書かないであろう。もしも私を強制しようとするのであるならば、世に文学の法則なるものがあっても、その文学的才能を強制する可能性を与えない……何が新しい文学に必要であるのか、私は知らない。ただ一つのことは私が知っている良い作品が必要である、他のことは、それはそれによって償われるであろう。

「ここに述べられていることは、何かの目的のための手段としての文学などは、認められないと言うことだぜ。文学者が文学者である限り、それは当然のことだ。この人は革命初期の粛清の嵐の中で『日本のスパイ』として抹殺されたとかいう話だ」

「それは芸術至上主義だな。革命初期のインテリゲンツィアの間には、こうした風潮があったことは認めるよ。実のところ、こうした発言には、少なからず惹かれはするけどな」

太郎は、政治活動に重点をおいている。だから、お互いの意見がかみあうことはない。俺の考えは、一九一七年の革命以前の古い文学の世界から抜け出てはいない。そしてそれこそが、文学本来のあり方だと思っている。この思いは、党員になっている今も変わらないだけに、俺の中で葛藤する。しかし、俺は共産党員だ。だから、もし俺が文学作品を手がけた時、その内容が、党から社会主義リアリズムに合致しないと判定されると反革命分子とされる。

俺はモノを書くことができるのだろうか。

第五章　緊急細胞会議

昼飯を食べた後、文学部前の広場のベンチに腰掛けていたところ、顔見知りの党員学生が近づき、緊急の細胞会議があるからすぐ集まるようにと耳打ちした。

文学部地下には、学内の各種文化団体の部室がある。その中の一つ、ソビエト研究会で、細胞会議が開かれた。

奥の机の上に、例のレーニン帽と雑嚢を置いて、松山が立ち上がった。その両脇に指導部の連中が坐っている。松山は、数十人いる党員学生をゆっくりと見渡してから、口を開いた。

「敵との闘争は、先鋭化し、状況は緊迫している。きょうの会議は、われわれが戦う体制を固めるために集まってもらった。現在、われわれの目標とするところは、アメリカ占領軍によって抑圧されている日本人民の解放である。われわれは、この偉大な目標を達成するため、マルクス・レーニン・スターリン主義で理論武装をしなければいけない。理論の学習と同時に、革命活動の実践をすることが望まれる。しかも、この実践は個人的に行うのではなく、党の各級機関の指導のもとに、党の方針に従って行動しなければいけない。いっぽう、党中央が決定し、それが各級機関をへてわれわれに通達

され れば、われわれはこれに従う。これがわが党の党内民主主義の原則だ。この原則を乱して、発言し、行動することは、反党活動として処分される」

松山の言っているのは、党内民主主義の順守だ。それが党の鉄の規律だとしているのだ。俺が帝國陸軍最年少の二等兵だった時、俺の所属した分隊長は、上官の命令には、無条件服従を命じた。上命下服こそが、軍の組織を支える根幹だと説明した。そして意見があれば、直属上官に具申してもよいとも言った。それを下意上達と言う。そして滅多にそんなことをする者はいないがなと付け加えた。党内民主主義は、旧軍隊の規律とそっくりだ。

それは、人間の集合体としての組織を維持するための規律として、必要なのだろう。しかし、党がその規律を保つ限り、革命が実現しても、人びとは自由に発言したり、行動することはできないだろう。それは規律を破ることだからだ。党は抑圧された人間を解放するために闘うという。革命の前衛としての党員に課されているのは、まさに兵士の義務と服従だ。俺はさまざまな人が、抑圧からの解放を共通の目的として、自由に意見を述べ、お互いの個性を尊重する開かれた組織であることを期待していたのだが……。

ここで松山は、一息入れた。参加者の顔をひとわたり、眺め回してから、声を高めた。

「わが党は、先ごろ、第五回全国協議会を開催し、新たな綱領、つまり『新綱領』を採択した。歴史的な言い方をすれば、『五一年綱領』と呼ぶこともできる。この綱領は、日本の革命を反帝反封建の民族解放民主革命と規定し、植民地・従属国型革命としている。『日本の解放と民主的変革を、平和の手段によって達成しうると考えるのはまちがいである』という方針を基礎としている。この『新綱領』

こそ、われわれの最も重要な指針である。これまでの党が〝愛される共産党〟を目指していたのに対し、これからの党は〝闘う共産党〟として武装する」

俺は細胞会議が好きではない。ともかく時間が長い。細胞キャップと指導部の連中が、えんえんとしゃべるからだ。どうして、簡潔に話ができないものかと思う。そして用語が難解というか生硬というべきだ。このため、論旨が理解しにくい。でも、これは早稲田ばかりではない、党中央の文書もそうだし、国際共産主義のリーダーであるスターリンの演説でも同じことだ。

俺はその冗長に耐えられなくなり、ポケットからタバコの箱を取り出して、その一本に火をつけた。そのとき、俺は肩を軽くつつかれた。振り返ると、クラスの広田が手を伸ばして、箱からタバコを一本抜き取った。それが合図だったように、後ろから伸びた別の手が箱を取り上げた。あっという間もない。空になった箱が俺の前の机の上に投げ返された。しまったと思う。

広田のそばで、俺がタバコを取り出すと、いつでも俺にタバコをせがむ。くやしいから、俺が「タバコをないか」と訊ねると、「ないよ」というのが決まりの返事だ。これが俺の神経を逆なでする。俺は金に恵まれていない。つまり、貧乏なのだ。その俺から、タバコ一本とはいえ、せびりとるのはせこいと腹が立つ。同時に、こんなことに波立つ自分自身の矮小にも、怒りをおぼえるのだが……。

室内の空気が一変した。松山が声をひそめて党の地下活動の骨格を語り出したからだ。

「われわれは新綱領の路線により活動する。それは党組織を公然部分と非公然部分に再編成し、これらが有機的に結合していくことである。公然部分は、文字通り合法活動を実践する。いっぽう、非公然部門は、すでに地下に潜行している党中央の指揮系統に入る。きょう集まってもらった同志諸君は、それぞれ個別に伝達されているように、非公然部門の要員である。ここに所属する同志諸君は、原則として公然部門の会議に参加したり、決定に従う必要はない。非公然組織は、軍事委員会、つまり中核自衛隊の指揮・編成・運用を統括している。中核自衛隊は、山村に解放区を設け、武装革命拠点を設ける。この他、アメリカ軍の軍事輸送への妨害活動、武器を用いて警察権力への攻撃も行う。また、軍事委員会には、中核自衛隊の他に、在日朝鮮人同志で編成される祖国防衛隊、略称『祖防』も所属している。組織防衛の必要から、この部門は『Y』もしくは『キリ』と呼ぶ。次は、組織防衛委員会だ。潜行中の党幹部の防衛、つまり住居の設営・移動・防衛・連絡などをはじめ、非合法文書・機関紙の編集・印刷・配布など、組織防衛上必要とされる活動をする。この部門は『テク』と呼ぶ。現在、われわれに与えられている非公然活動の任務は、この二部門だ。わが党は、無数の人民に支えられ、地下に巨大な活動組織を編成している。同志諸君は、その中の一員であることに誇りと自信を持って欲しい。非公然部門に属する同志諸君は、敵の弾圧に対抗するため、活動に従事する際、上部機関と連絡する際には、本名を使わないで欲しい。各自、それぞれ適当な偽名を用いること。ただし、一般の学生大衆の前では、偽名を使ってはいけないことはもちろんだ」

松山は手元のメモを見ながら、事務的な調子で語る。

すぐその場で、偽名を考えるようにいわれた。俺は、中田正とすることに決めた。名の中に「田」を残しておかないと、自分が誰なのか混乱すると思ったからだ。

その場にいた十数人が、それぞれに思いついた偽名を口にした。すぐその場で、それを憶えられはしない。だが、偽名の集団になると、それは芝居の配役が決まったように、お互いがそれまでの本人とは、異なっているような感じだった。
「ところで、こうしたわれわれの闘争に対して、敵はどのように弾圧を加えてくるか。占領軍は、占領政策を進める上で、必要と認めた時は、日本政府に命じて『政令』を出させる。日本がポツダム宣言に対して無条件降伏したことにちなみ、この政令は、俗に『ポツダム政令』といわれる。そしてこの政令は、日本のすべての法律に優先する。このことを基本的な認識として持って欲しい」
ザラ紙に印刷されたプリントが配られた。
「これは、敗戦直後、日本政府が発した政令だ。日本政府は、連合国最高司令官の要求する事柄については、その実行に努めるとしたのだ。プリントの次の項目を見て欲しい。これが敵がわれわれに対して適用する政令の骨子だ」

占領目的阻害行為処罰令（昭和二五年政令第三二五号）

（定義）

第一条　この政令において、「占領目的に有害な行為」とは、連合国最高司令官の日本帝国政府に対する指令の趣旨に反する行為、その指令を施行するために連合国占領軍の軍、軍団又は師団の各司令官の発する命令の趣旨に反する行為及びその指令を履行するために日本国政府の発する法令に違反する行為をいう。

（処罰）

第二条　占領目的に有害な行為をした者は、十年以下の懲役若しくは二十万円以下の罰金又は拘留若しくは科料に処する。

2　前項の者には、情状により、懲役及び罰金を併科することができる。

3　前二項の規定は、連合国最高司令官の指令又はその指令を履行するために日本国政府が発する法令に特別の定のある場合には、適用しない。

「非公然活動は、明白にこの政令の規定する内容に違反する。このなかで、問題なのは、『裁判管轄が連合国軍事占領裁判所に移された場合』のことだ。しつこく言うが、われわれを支配しているのは占領軍だ。だから軍事占領裁判所で裁判は行われる。われわれが知る限り、重罪を裁く『軍事委員会・Military Commissions』、中級程度の犯罪を裁く『一般憲兵裁判所・General Provost Court』、微罪のための『特別憲兵裁判所・Special Provost Court』の裁判所がある。われわれはこうした敵の弾圧に抗して闘いを進めて行く。もし、不幸にして敵の手に落ち、逮捕されるようなことがあった場合、党員としての自覚と誇りを持ち、不屈の闘いをして欲しい。黙秘権を行使して、党の秘密を漏らすようなことがあってはならない。ソビエトの革命闘争の中で、また中国の解放闘争の過程で、多くの同志党員が殺された。しかし、革命の大義の前に、敢然として命を捧げたのだ」

松山は「革命の大義」を酔いしれるように語った。

そして重々しくカバンから一枚の紙を取り出し、十数人の氏名を読み上げ、中核自衛隊員として活躍するようにと指名した。俺はその対象になっていなかった。ほっとした時、

「同志中田、君にはテクを担当してもらう。わが党の非合法機関紙『平和と独立』通称『平独』の中

間輸送だ。『平独』は、一ヶ所で印刷されているのではない。地下の中央編集部で記事が編集されると、数十枚の、その正確な数は知らないが、特殊な謄写版用の原紙が作成される。その原紙はテク担当のレポ、つまりレポーターが複数の地下印刷所に配布する。地下印刷所で機関紙が刷り上がると、レポが手分けして主要なポスト、配送センターといってもいい、に配布する。そこから同じ手順を踏んで、その次のポスト、中間ポストに届ける。君の任務は、中間ポストの一つから三ヶ所の最終ポストまでの間の輸送を行うことだ。君の行く四ヶ所の地図がこれだ。中間ポストには、三つの紙包みが置いてある。それを指定のポストに届ければいい。地図はよく見て、頭の中に刻み込んで。憶えたかい。それじゃ、破棄する」

俺は一人で危険を背負い込むことになっていた。

第六章　早稲田文庫

大学南門前のレストラン高田牧舎脇の路地を抜けると、立て込んだ小さな住宅の中に、民芸風の白壁造りの平屋がある。茶房・早稲田文庫だ。

のぞき窓のついた木製の扉を開くと、鈴が鳴った。

「こんにちは」

いつも着物姿のおばさんが、扉の脇に坐ったまま、微笑して俺を迎えてくれた。

内部は扉の脇にカウンターのある十六畳ほどの洋風サロンのしつらえだ。むき出しの黒い梁から、四つの白いガラスの円筒が下がって、室内を照らしている。床には大谷石を敷いてある。その中央に小さな炉を切ってあり、そこへ自在鍵が伸びていた。

正面の壁面には細長いはめごろしのガラス窓、左右両側の壁面は書棚だ。壁面に沿って、木製の椅子とテーブルが置いてある。既に数人の学生が席を占めて、話し込んだり、読書したりしていた。

このサロンの右手奥には、八畳間と三畳間、台所など。座敷の八畳間は篠竹を編んだ天井板、室の隅には風炉が切ってある。床の間には井伏鱒二の筆になる「なむあみだぶつ」の軸。違い棚の花瓶には、いつも花が一輪。茶席の趣向である。

脇のしおり戸から飛び石が座敷の濡れ縁に連なり、手水鉢が据えられていた。広くはない庭だが、ほどよく梅、楓、竹を配置し、それらの根元を色鮮やかな苔が彩っている。

戦後数年、物資が十分に出回っているわけではない。庶民の暮らしは、楽ではない。この建物の造作は、金をかけずに、知恵をこらして作られている。材料を手頃な価格で入手し、和洋の異なる様式を融合して創り上げたのだろう。

最初は会員制だった。二、三十人の学生が参加し、俺も入会金千円を払った。月の会費も千円だった。おばさんが文庫にたむろする俺たちに、頃合いを見計らってお茶かコーヒーを出してくれていた。

そのご、訪れる学生も増えた。それから有料で茶菓のサービスをするようになった。

＊

「おまちどおさま」

おばさんが、コーヒーを運んできてくれた。俺は瞑目した。

「おい、元気か」

俺の前に、がっちりした体格の大柄な色白の男が立っていた。

仏文科の大竹郁郎だ。俺と同期。太い眉の下に夢見るような眼、きりっとした唇は、聡明な資質を表している。笑いを含むと、思いがけなく幼く見える。垂れ下がる前髪を右手で掻き上げる。ふだんは、必要なこと以外はしゃべらないが、無口というのではない。ここぞとなると、頬を紅潮させて懸命に話し出す。そんな時は、思いつめていたことを一気に吐き出すような迫力がある。不器用なのだ。

そして照れ屋なのだ。ところが、去年のレッドパージ反対闘争で大学本部に立てこもり、逮捕され、除籍処分を受けた。その後、どうにか復学できた。それ以来、大竹は無口になった。いつも、鬱屈するものを抱えているようだ。

「やあ、坐れよ」

「うん」

「おい、何を持ってるんだ」

「これか、学内で出ている同人雑誌『第一章』だ。見るか」

俺はそれを手にした。その中の小説の一節が眼に留まる。大竹もそこをのぞき込んだ。

　額ににじみ出た汗を裾でそっと拭って、抱き合うように身を寄せると、今まで感じなかった二人の体臭がふっと一つに融け合って愛子の鼻を突いた。

　眠っている正昭の上に覆いかぶさり、激しく唇を寄せて、口から口へ、根限り正昭の舌を吸い込んだ。

　正昭の手が愛子の腰の上に静かに伸びると、やがてぐっと力が入って、愛撫の手は下の方へ伸びていった。つま先から口まで、二人は完全に一つのものになり切ろうとして身もだえした……。

俺の周辺の連中は、男と女をどう描こうかと苦心している。しかし、なぜかそのことをはっきりと口にしない。恋愛とは何かとなると、みんなとめどなく議論するくせにだ。

「君は、男と女の絡み合いを、きちんと書けるか」

　大竹が切り込むように問いかけてきた。

「うん、なんというか……」

　俺はたじろいだ。

「文学は描写にはじまり、描写につきると、先輩の一人が言っていた。でも、俺はなかなか……恥ずかしいけど、俺は何かを書こうと思う。でも、原稿用紙を前にすると、それまでの思いがなぜか消えている。それは、書こうとする俺自身が、空洞なんだという気がする。文章とは、何なんだと、いつも自問自答を繰り返す。それでも、書きたいと……」

　大竹は素直だ。

「そうか。事情は俺も同じことさ」

　俺は大竹となら気取らずに、率直に話ができる。そしてお前もそうなのかと気が休まる。

＊

　大竹とは早稲田文庫ではじめて顔を会わせ、俺が最初に声をかけた。

「君はどこの高校なんだ」

「俺は府立六中、つまり都立新宿高校だ。君は」

「俺は愛知県、名古屋の惟信高校だ」

「そうか。名古屋か。俺は戦時中、メイヨウにいた」

「何だ、それ」

「名古屋陸軍幼年学校、略して名幼だ」

「俺は台湾軍船舶工兵隊の陸軍二等兵、通信担当だった」

「つまり君は、実戦部隊にいたのか」

「そうだ」

「俺は名幼の第四十九期、第一学年に在籍していた」

「ふうん、君は星の生徒と呼ばれる秀才の一人だったんだな」

大竹はうなずいた。でも、顔面を朱色に染め、視線をそらして困惑した表情となった。

「昭和二十年、中学二年の三学期に試験があったんだ。競争率は百倍近かったそうだ」

「君一人が府立六中から、そのメイヨウに行ったのか」

「いや、俺の学年では三人が合格した。その三人が演壇に並び、全校生徒が整列して見送ってくれた。俺は、陸軍の将校をめざし、来年は俺たちに続いて欲しいと呼びかけた」

「ふうん、幼年学校は、普通の中学とはかなり違うのかい」

大竹は何から言おうかと、ちょっとした間合いをとった。そして、

「幼年学校は、陸軍の学校だからな。幹部将校を養成するための初級教育機関だ。東京、仙台、名古屋、大阪、広島、熊本の六校があった。名古屋陸軍幼年学校といっても、所在地は小牧市にあった。名幼の同期生は、二百四十人だった。俺たちは入学と同時に、ということは十四歳で、軍の兵籍に編入された。つまり、幼い軍人ということだ」

大竹は、俺に気を許したのだろうか、今もメイヨーの生徒であるかのように話し出した。

「俺たちの時間割は、中学のそれとあまり変わりはなかった。しかし、貴様らこそ、日本陸軍の骨幹として、連隊長となり、師団長となって、兵を指揮する。その誇りと責任の重さを忘れるなと教えられていた」

「敗戦になってどうしたんだ」

「大日本帝国が崩壊し、陸軍そのものが消滅したんだから、俺たちも解散した」

「俺たちは、同期の戦友と別れる時、日本が敗戦から立ち直り、再び銃を執って戦う日が来れば、真っ先に学校に駆けつけようと、みんなのノートに寄せ書きをした」

「それからもとの都立六中に戻ったんだろ」

「いや、戻ったことは戻ったんだが、その前に……」

にわかに大竹は、口ごもった。

「すぐに戻らなかったんだな」

「うん、俺のところの生徒監が、こんな話をした。第一次大戦の時、戦いに敗れたドイツの陸軍幼年学校の生徒は、皆殺しにされたということもある。日本占領に来るアメリカ軍は、娘は強姦し、若い男を捕まえて手に針金を通し、キンタマを抜くかもしれん。貴様たちは、注意して行動せよ。俺はそれが怖かったから、母親の実家のある岐阜の山の中に転がり込んで、二ヶ月ほど様子を見ていた」

「君は本気でそれを信じてたのか」

大竹は実に無邪気なのだ。上官の言葉を素直に受け入れたのだ。しかし、おかしい。

「おい、笑うなよ。俺は真剣だったんだ」

「すまん。悪かった」

「俺は名古屋の街へ偵察するような気分で出かけた。そしたら、アメリカ兵は、銃も持たずにのんきに歩いている。女は強姦されたようでもないし、男もタマを抜かれたようでもない。俺が心配していたことを聞くこともできない。まあ、大丈夫だろうと判断して、東京へ舞い戻ったんだ」

「そして星の生徒が中学生に復帰したんだ」

「学校へ行ったら、兵隊が帰ってきたなって言われたよ」

「その通りなんだから、いいじゃないか」

「それはそうだけど、そう言った時の眼差しと口調は侮蔑的だった」

「戦時中と戦後じゃ、様子は変わるさ」

「それは分かるがだ、俺はその変わる世間に遅れてるなって感じた」

大竹の口元に寂しげな陰影が浮かんで消えた。

俺にも、遅れている、劣っているというわだかまりはある。でも俺は大竹のように、素直にその心情を言えるだろうかと自問してみる。俺にはできそうにはない。

こんなやりとりがあって、俺たちは友だちになった。

＊

昨一九五〇年九月末のことだった。

その日、大竹は常になく緊張した表情で手にしていた新聞を差し出した。

「見てみろ、昨日のことだ。つまり、九月二十七日、天野貞祐文部大臣は、政令六十二号に基づいて大学におけるレッドパージに取り組みたいと述べている」

俺は聞き返した。

「この政令って何」

「君は、そんなことを知らんのか。それはだ、連合軍総司令部がだ、日本占領の目的および政策を実施するために、日本政府に命令したものだ。だから国会で審議される法律とは違う。しかし、占領軍の命令だから、法律よりも勝っているともいえる」

「分かった。それじゃその六十二号って何」

「それはさ、『教職員の除去、就職禁止および復職などに関する政令』というんだ。俺も人に聞いて分かったんだ。この政令の核心は、書いてきたから見てくれ」

大竹のノートには、

第三条　教職に関する覚書に掲げる職業軍人、著名な軍国主義者もしくは極端な国家主義者又は連合軍の日本占領の目的及び政策に対する著名な反対者に該当する者としての指定を受けた者（以下教職不適格者という）が教職に在るときは、これを教職から去らしめるものとする。

「ここにある教職者というのは、国公立の教授じゃないのか」

「そうじゃない。国公立はもちろん、私立学校の教員も含まれる」

「早稲田もレッドパージがはじまるのか」

「俺は大変なことになると思った。また戦時中の暗い谷間の時代に逆戻りする。そうなってはならない、いやそうしてはいけない」

「君は何をするんだ」

「俺はこれを実力で阻止する。俺は仏文科の闘争委員を引き受けた」

大竹は思いつめた口調だった。

十月に入り、学内外にレッドパージ反対闘争が盛り上がり、全国の十一大学、約三万九千人の学生がストライキを行ったと伝えられた。

文学部でも、校舎の入り口に、バリケードとして教室の机や椅子を積み重ね、秋の試験をボイコットした。

そして、十月十七日、学生自治会は、大隈講堂で「平和と大学擁護大会」を開催、大学本部で開かれていた学部長会議に学生代表が乗り込み、レッドパージ反対と学生へ対する処分反対を訴えた。これに対して大学は警察の介入を要請、本部内にいた学生八十二人が検挙された。

大学は、その全員を除籍処分とした。大竹は、その中の一人だった。

逮捕された大竹は、十数日で釈放され、戻ってきた。不起訴処分となったのだという。除籍になった大竹は、文学部長に復学をさせてくれるようにと願い出た。文学部長は、本人が十分に反省していることが明らかになれば、復学を考慮しようと言ってくれたという。

それから……。大竹は、週に一度、いかに自分が反省しているかを書きつづって、文学部長に提出し、半年目に復学が許された。しかし、除籍処分のため、受講時間が不足していた。その間の単位は取得できない。だから、卒業は一年遅くなる、つまり落第して学生に復活したのだ。

＊

大竹は、ふと話題を変えた。

「君は何か奇妙に忙しそうだな。何をしてるんだ」

「俺は相変わらず芝居をやってる。来年の春には、はじめて俳優として舞台に立つんだ」

「君が芝居をしている時は、台本をいつも尻のポケットにさしているから、すぐ分かる。君はあちこち、学内を歩き回っている。ときどきいつもの服装とは様子が違う。俺のカンでは、それは自治会の仕事ではない、もしかしたら党の何かをやってるんじゃないか」

俺は、答えに詰まった。

「うん、まあ、ちょっと……」

「やはりそうか。ということはだ、君は革命を信じているのか」

「俺にとっては、革命を信じるかどうかよりは、革命のために、今何をするべきかが重要なことではないかと思ってる」

大竹は常にもなく皮肉な微笑を浮かべた。

大竹は、俺の鼻先に人差し指を突き出した。

「科学的社会主義が、正しく革命を導くとすればだよ、正しいという限り、その道筋は一つでなければならない。でも、世間の動きから見ると、党内には、いくつもの異なった見解があって、分裂してるんじゃないか」

「党は、反党分子は排除したと言ってるよ」

「排除したのかどうかは、問題じゃない。複数の見解が生まれるというのは、考えの基本そのものが『科学的』ではないんじゃないか」

「君は何が言いたいんだ」

「科学的社会主義理論の中から、複数の政治路線が生まれる。そのいずれが、正しいかどうかは、客観的な判断基準があるのではなく、党の組織の中で、どちらが上級か、あるいは強力かによって決まっているんじゃないか」

「レーニンは、そうした状況の中で、正しい路線を指し示し、闘争した。だからこそ」

大竹は、何度も首を横に振りながら、

「革命というのは、生臭い生身の人間が権力をめざしてぶつかりあうことだろ。つまり、政治ということさ。政治に技法がある。手法といってもいい。それが科学なぞというものであるはずがないぜ。そこでは、幻想手段としても使われると俺は思う」

この言葉に、俺は大竹の心中にあるものの正体が見えたように思った。大竹は、肝心のことに触れないで、まわりくどく表現しているのだ。俺は反問した。

「革命の幻想というのは、何のことだよ」

大竹は、ぎょっとしたように俺を見た。

「それは全く俺個人の問題だ。またの機会に話をするよ」

俺はうなずき、そこで話題を変えた。大竹は誠実な人間だ。レッドパージ反対闘争、除籍処分、復学に至る道筋で、深い傷を負ったのではないだろうか。

大竹が、それを口にする日を待つことにした。

第七章　スタニスラフスキー・システム

部室で稽古がはじまった。

部室のテーブルの奥に演出の窪寺が坐る。その両脇に俳優担当の部員が席を占める。その他のスタッフは、どこでも空いているところに坐ったり、立ったりしている。

いつものことだが、室内はタバコの煙で、深い霧に包まれたようだ。

窪寺が話を切り出した。

「俺は、この芝居を、スタニスラフスキー・システムで創り上げたい。現在、日本で演劇というか、新劇に関心のある奴で、スタニスラフスキーの名前を知らない奴はいない。それじゃあ、それが何だというと、人によって言うことはさまざまだ。でも一言で言えば、ロシアのリアリズム演劇の基礎を確立したのがこの人だ。俺が今、教科書にしているのは、ラパポルトの『俳優の仕事』、それに最近邦訳されたばかりのミローノフの『演出教程』の二冊だ。俺が今からやろうとしている方法が、正統なスタニスラフスキー・システムかどうかは分からない。だから、俺が理解した自己流の方法と言ってもいい。」

窪寺は懸命に本を読み解いていたのだろう。

田坂がうなずきながら、

「寺さんよ、そのご高説は分かった。ほんとのことを言えば、何も分かっちゃいないけどさ、そのスタさんの方法というか手口てのはさ、かいつまんで言えばどういうことさ」

「うん、醇ちゃんの言うこのスタさんは、芝居をリアリズムで創ろうとしているんだ。ここでいうリアリズムとは、抽象的な言い回しになるけど、生きた人間同士の葛藤とアンサンブルを舞台で表現したいのだと思う。そして、それは社会主義リアリズムを基調としている」

「俺には、難しい理論は分かんないけどさ、わざとらしい大仰な身振りやセリフ回しで、人間の真の姿に迫ろうと言うのは無理だ。でも、どうすれば舞台で、これが真実の人間だという表現ができるかだよね。君の言うリアリズムが、そうなのなら面白い」

田坂は心優しい。たくみに合いの手を入れて、窪寺の話を引き立てる。

「そこでだ、俺の手口としてはさ、いや、まいった。手口って言われると、ちょっと泥棒のやり方みたいだな。ま、いいか、それでいこう」

窪寺は苦笑しながらも、語り続ける。

「第一は徹底的に本読みをする。ここで言う本読みは、これまでやって来たような俳優による台本の読み合わせじゃない。演出者を核として、みんなで台本を読む。作品の主要な命題、つまり、何が作者に筆を執らせたのか、作者は何を描こうとしたのかを討論して確かめる」

北山が手を挙げた。

「本読みでは、さまざまな意見が出るでしょう。意見というか、見方が割れた時は、どうするんですか。多数決で決めたりするのですか」

「まずはみんなで話し合う。しかし、意見が異なった際は、演出の俺が最終判断して決める」

「分かりました。異議はないです」

「次に、それぞれの配役に応じて、役のイメージを固めていく。いや、固めるというのは適当じゃない。それぞれが役のイメージをふくらませていって欲しい。それぞれのシーンには、シーンに貫通する命題がある。こうしたことをみんなの共通の認識、これはイメージと言ってもいいかな、この認識を基礎として、それぞれの役、つまり生身の人物像を編み出して欲しい。つまりさ、俳優それぞれの想像力、創造力、そして表現力だ」

　俺にははじめて聞く言葉が出てきた。俺は窪寺に聞く。

「その貫通する命題ってのはどういうことなんだ」

「うん、この貫通という言葉はさ、小銃の弾丸が体の中を突き抜けたような印象を受けるよな。でも、俺の虎の巻の『演出教程』ではそう言う訳語になっている。俺も最初は戸惑った。しかし、この貫通を一貫した、あるいは最重要なと理解してみると、がぜん分かりやすくなる。貫通する命題というのは、俳優のセリフ、動きがどういう意図・目的のもとに行われているのかを指しているんだと思う」

　窪寺は、そこでタバコに火をつけて一息入れた。室内の緊張がここで溶けた。

　俺は窪寺が演劇ではなく、小説の作法について述べているように思いながら聞いていた。よどみない語り口は、雄弁としか言いようがない。

「演出者としての俺の考え方の基本は話をした通りだ。ともかくも、本読みに入ろうよ」

窪寺の演説は終わり、俺たちは、台本を開いた。

第一幕・第一場
プロハーズカ家のホール。プラーグの郊外。

ベランダへのガラス扉。左手は他の部屋へ。右手は玄関へ。ホールから二階への階段。

暖炉のそばに肘掛け椅子と小机。戸棚。ピアノ。大きなソファ。広い円卓。現代式の肘掛け椅子数脚。揺り椅子。

樫の壁板。棚の上にはチェコスロバキアの民芸品。プラーグの水彩画。


夕刻。暮れ始める。

開幕と同時にオートバイの音。

リュードビクとプロハーズカが耳をそばだてて聞いている。

プロハーズカ　（ほっとして）この家じゃない。ヤン、この家じゃないよ。
グルベック　（戸棚から出てきて）地球の上には、もう安住の地なしか。
リュードビク　（窓から乗り出しながら）チーヒーさんの家の前で止まった。（沈黙）ゲシュタポだ。ドアを蹴って家の中に入っていった。

プロハーズカ　チーヒーさんを捕まえようというのかな。これで三度目の逮捕だ。
グルベック　今、引っ張っていったら二度と放しやしないぜ。
（発砲の音）

俳優は、みんな少し緊張している。本読みに先立って、ひとわたり台本を読んできてはいる。しかし、俳優本人の地のままに、セリフを読んでいる。まだ、割り当てられた配役の人物を消化していない。声を出すことで、役の人間関係を少しずつ感じ取れる。今から、何がはじまるのだろう、どのようになるのだろう、うまくいくだろうか。期待感と不安感が交錯する。あたかも、霧に包まれた山道を登りはじめるようだ。俺は、この高揚感が好きだ。


稽古の合間、俺は田坂醇に話しかけた。

「醇ちゃん、今度の芝居は難しくないかい。つまり、システムというのがさ」

田坂は、うなずきながらわざとらしく声をひそめて、

「スタニスラフスキーであってもなくても、俺は俺だよ。俺は理論的じゃないから、体が理論についていけないね」

「醇ちゃんがそうなら、俺みたいなにわか俳優がついていけなくても無理はないか」

「ちょっと僕も話に入っていいですか」

北山が割り込んできた。

「あの、僕は今回自分で俳優を志願したでしょう。だから、やるつもりなんですよ。でも、僕にとっては初体験なんですよ。そこで、当たり前のことなんだけど、俳優って何だろうって考えてるんです。田坂さん、俳優って何ですか」

田坂は、きょとんとした。一瞬の間があって、かなり照れながらも、

「俳優ってのはさ、口幅ったい言い方になるけど、自らの肉体を表現手段として、役を演技する人だよね」

北山はうなずいた。そして、

「そうなんです。その自らの肉体なんですよ。実はこれがどうにもならないのに気がついたんです」

俺も俳優初体験だ。俺には同感できるものがあった。

「北山君、いや、盲目のジョキチと言うべきだなこの際は。俺、つまり医師マチェクとしての俺にも、それが問題なんだ」

田坂にも何が語られているかが、のみこめてきたようだ。

「分かったよ。ジョキチとマチェクに対してだ、赤軍ペトロフ大佐としての俺はさ、偉そうに俳優の仕事について、ぶって聞かせるようなものはないよ。ただ、俺はさ、文楽の人形遣いの大夫が、人形を操るように、俺の役を演じようとしている」

田坂は笑って頭をかきながら、

「こんな言い方は、何の説明にもなってないよな。でも、少しばかりの俺の経験からすれば、そうとしか言いようがない。メリハリの利いた動きと、感情の表出だと思うけど、それは訓練というか、修

練じゃないかと思う」

田坂は、控えめにしゃべっているが、本人も懸命に俳優であることの学習をしているのだ。

「ペトロフ大佐、分かった。俺たちの問題は、スタニスラフスキー以前の問題なんだ。ともかく、基礎訓練というか、学習をやるよ。ジョキチもそうだよな」

俺と北山は、そろってペトロフ大佐に敬礼した。

俺は「役」になりきらなければいけない。「役」を舞台の登場人物と見る限り、それは架空の存在だ。それでは、芝居にならない。俺が「役」になるには、俺が「役」に共感し、「役」が俺であるようにすることだ。俺はどうしようかと考え込む。

これまで、俺は舞台監督をしたことはある。そのとき俳優は、俺にとって、舞台を構成する重要な素材だった。俺は演出者と協同して、舞台を構成することに努力した。俺は観客に伝えたい主題を、形ある舞台に仕上げ、それがどのように伝わるかを、観客の眼差しで確かめようとした。言葉を換えれば、俺は舞台を眺める位置にいた。

しかし、今度は違う。俺は俳優として与えられた「役」を演じなければならない。それは舞台にあって、眺められる役割を担うのだ。

俺が俳優をする限り、表現手段となる俺の肉体を、自由に取り扱わなければいけない。

スポーツ選手としてではなく、俳優をするためにと、俺は体を動かすことにした。まず、歩くことからだ。教会の朝飯を食べることにした。それで飯代も浮く。その後、明治神宮をめざす。朝の表参道は、明治神宮に隣接するアメリカ軍家族の住宅団地ワシントン・ハイツに出入りする自動車が行き来している。原宿駅の横から、神宮の参道に入り、内苑の森の中を一回りする。早足で歩いて四十分ほどの行程だ。はじめて二、三日は、少し息切れしたが、すぐに慣れた。十日もするとかなり足取りが軽くなってくる。それから走ることにした。足が明治神宮の参道の玉砂利に沈んで、体がのめるようになる。呼吸が乱れないように、ゆっくりと走る。十分も走ると、体が温まって、汗ばんでくる。こんもりした木立の中で心も躍動する。

部屋に戻ると、鏡を前にして、顔の筋肉を動かす。口を大きく開く。眼を見開き閉じる。片腕を前に出し人差し指を立て、じっとそれを見つめる。人差し指を上下、左右に動かす。それに視線を集中する。両腕を伸ばし、両人差し指を近づけたり、離したりして左右に視線を開く。鼻翼はすぐに、ふくらむようになった。眼を大きく見開き、額の筋肉を吊り上げる。耳も前後に動くようになった。

さまざまな場面を想定して、それに適応する表情をつくってみる。笑い、微笑、大笑、へつらい、凝視、呆然、苦渋、憎悪、怒り、恐怖など……。顔の筋肉を、随意に動かす訓練などはしていない。このため、すぐにくたびれる。顔面の疲労感をおぼえたのは、はじめてのことだ。

本職の俳優が、こうした訓練をするのかどうかは知らない。俺は自己流に、こうした方法を、基礎訓練にすると決めたままでのことだ。

やってみるとすぐに理解できたことがある。たとえば「笑い」の場合、口を開き、頬の筋肉を引き上げる。その開き方と引き上げ方の強さの度合いが、表情の違いになる。それは当たり前のことだ。鏡の中の俺の表情を見ながら、こうした筋肉をどの程度に動かすかの感触をおぼえていく。もちろん、その際の眼の開き方、あるいは、つぼめ方も記憶する。

それまで沈滞していた身体が、なんらかの情感をイメージすることで、反応するようになったことが嬉しかった。

*

稽古は連日だ。本読みを終えると、すぐに立ち稽古に入った。

テクも続けている。

ある日、早稲田文庫で、時間をつぶそうと坐り込んでいた。ふと眼をやった書棚に、演劇雑誌『テアトロ』が並んでいた。その中の一冊を抜き出した。一九四六年十一月号だ。パラパラとめくってみる。「俳優生活について」と記した宮本百合子の随筆があった。戦後民主文学の旗手とされている。百合子はこの年、新協劇団が行った『プラーグの栗並木の下で』の公演を見た後の所感を書いているのだ。

……「プラーグの栗並木の下で」に一人、生活態度のフヤフヤな若い医者が登場する。その人物は性格の弱い、動揺的な人物として描かれているのだが、その役をうけもった若い俳優は、この人物を表現するのに非常な困難を示した。もっと機械的な、張り子の虎めいた勇ましい人物でも演ずるのであったら、その若い俳優はもっと空々しく、自分からつきはなし、型で、三流的まとまりのついた芝居をやったかもしれない。ところが、その俳優の役は、生活態度のふっきれない、決断のしにくい、社会現象のうちにある歴史的な意味や価値をすぐつかめない崩れた感覚の若者であって、その人物の性格が、俳優の現実的人間性と絡んで、大きい困難を呈出した。その若い俳優は、自分の精神と肉体とでその崩れやすい人物を十分に描き出そうとすると、どうにもかくせず、俳優自身の生活の崩れがその鉤にひっかかって表面に釣り出されて来たのであった。内面的に、そして行動の上で動揺する人物を描き出す時、俳優としては一個の確立した人間的存在でなければ、それが描き出せないという事実は、実にわたしを強く感銘させた。それは上手、下手の問題より、もっと根柢の課題である。人及び俳優として存在することの可能と不可能の問題である。

この一文は俺を刺激した。ここに述べられているのは、俺がこれから演じる医師マチェクのことだ。宮本百合子はマチェクを「生活態度のフヤフヤな若い医者」そして「生活態度のふっきれない、決断のしにくい、社会現象のうちにある歴史的な意味や価値をすぐつかめない崩れた感覚の若者」だと言っている。それは確かなことだ。まさにこうした性格の人間を演じることこそ、現在の俺の気分にふさわしい。問題はその次にある。

「俳優は、自分の精神と肉体とでその崩れやすい人物を十分に描き出そうとすると、どうにもかくせず、俳優自身の生活のくずれがその鉤にひっかかって表面に釣り出されて来たのであった」だからこそ、「内面的に、そして行動の上で動揺する人物を描き出す時、俳優としては一個の確立した人間的存在でなければ、それが描き出せないという事実は、実にわたしを強く感銘させた。それは上手、下手の問題より、もっと根柢の課題である」

俺はこうした物言いをするから、この作家が好きではない。そもそも俳優とは、自らの肉体を演劇のための表現手段とする人間ではないか。一個の確立した人間的存在でなければ、動揺する人物を的確に描き出せないのだろうか。俳優に求められているのは、役に適応した表現だけだ。それは文学においても、同じことだと思う。一人の作家が、動揺している人物を描き出すのに、一個の確立した人間的存在であるべき理由はないと思う。もちろん、俳優の演技の中に、俳優自身の個性なり、生活が投影される。それは俳優が自分自身以外に俳優としての表現手段を持たないからだ。俳優は、どんな役を演じても、演ずる役を通して、その個性と人間性を表出する。

俺は一個の確立した人間的存在ではなく、歴史的な意味や価値をつかめない崩れた感覚の若者として、揺れ動く人間を舞台で表出しようと思った。動揺している俺自身を、「役」の中に投入しよう。俺と「役」とを分かちがたく表現しよう。こう覚悟することで、俺は俳優となることを納得した。

第八章　「平和と独立」を抱えて

十一月六日の夕方、俺ははじめてのテクに出かけた。中間ポストは、大学からさして遠くはない。大隈講堂を後にして、郵便局、蕎麦屋金城庵を過ぎると、都電の早稲田停留所前だ。電車道から、神田川にかかる豊橋《ゆたかばし》を渡る。通りの両側には、雑貨屋や八百屋、魚屋が軒を並べている。四つばかりの丁字路や十字路を過ぎて直進する。そこは行き止まりだ。その右手に二階建ての木造アパートがあった。そこの木製の階段の下に、十数個の郵便受けがあった。その下に、ハトロン紙にくるんだ包みが置いてある。

俺は、ふと気になったので、そこで立ち止まらず、階段を上がり、二階の廊下から、あたりを注意深く見回した。向かい側の二階家、道の突き当たりの物陰、平屋の縁先など……どこにもポストを監視している人の気配はなかった。警察は張り込んではいない。

そこで俺は、階段を下り、紙包みに手を伸ばした。それは意外にかさばって、両手で抱え込まなければならなかった。俺は包みを肩に担ぐようにして運んだ。

通りがかりの理髪店のガラス窓に、俺の姿が映っていた。それを眼にして、俺ははっとした。長く伸びた髪、すり切れた背広、陸軍払い下げの編上靴。それは誰の眼にも明らかな左翼学生の姿だ。ここで戸塚警察署の学生担当の刑事に見つかると、文句なしに逮捕される。怖くなった。急に胸の動悸が激しくなった。でも、この包みを投げ出すわけにはいかない。

急ぎ足になった。大学まではざっと五百メートルほどだ。夢中で急いだ。学園の構内に入った。多くの学生に紛れて、もう目立たない。ほっとして、ため息が出た。大隈銅像の横を抜け、階段を上がって南門に出て左へ入り込み、小住宅の密集しているとある一軒の軒下に包みを置いた。とりあえず、一段落だ。

手ぶらになって、高田馬場まで歩く。この仕事をこなし、安全を確保するには、よほど工夫をしなければいけないと思った。逮捕されると容赦ない軍事裁判が待っている。

俺は部屋へ戻って、はじめて眼にする非合法機関紙を開いた。

平和と独立　第六十八号　一九五一年十一月五日

主張

第五回全国協議会の実践に立ちあがれ

わが党は、凶暴な弾圧に抗して、十月はじめ第五回全国協議会を開催した。この会議には地方党機関の代表、主要な大衆団体グループ代表、および中央党機関の同志が参加した。

この会議は、わが党にとって歴史的な重要性を持つものである。

第二十回中央委員会によって決定された「日本共産党の当面の要求・新しい綱領草案」の審議

を終結し、大会に代わって満場一致、これを採択した。

この綱領草案は、発表以来全党に感激を持って迎えられ、かつてない熱心な討議が全細胞で行われた。

全国協議会は、この細胞の討議を基礎に、これを審議し採択したのである。

これによって綱領は、全党の行動の基準となり、全国民の勝利の旗印となった。

わが党は、既に規約で定められている通り、この綱領を認め、党費を規則的に納め、党の一定の組織の中で活動するものの組織であり、この綱領に反するいっさいの分派思想や分派組織を許さない鉄の規律によって固められているのである。

われわれは今後この綱領と規約によって党の団結を一層強めなければならない。


「平独」は、一九五〇年六月の中央機関紙「アカハタ」が、治安当局により無期限停刊を命じられたのを受け、一九五〇年八月十二日に創刊されたタブロイド判だ。だから「平独」の編集・発行に関わり、あるいは所持しているだけで、ポツダム政令三二五号の違反として逮捕され、軍事裁判にかけられる。事実、今年の二月、「平独」の印刷所四百数十ヶ所の存在が暴露されて捜索を受けている。

俺がはじめて手にした「平独」は、衝撃的な内容の主張を掲載している。党は、先月、第五回全国協議会を開催、「新綱領」を採択したとしているのだ。党の規約によれば、党大会が最高の意思決定機関とされている。主要な党幹部が地下に潜行、臨時中央指導部が公然部門の統括をしている今、全国協議会は、党大会に次ぐ意思決定の場だ。

党は非公然体制をしいた一九五一年二月二十三日から二十七日にかけ、第四回全国協議会を開催、日本の革命遂行には、「軍事方針」が必要であると決定した。五全協は、四全協の方針をさらに徹底強化したと言っているのだ。そして、この方針に反する者は、反党分子として排除すると断言している。日本共産党は、議会制民主主義により、日本の人民の解放と革命を達成すると主張していた。党は、一九四六年七月、独自に「日本人民共和国憲法草案」を提起していた。その前文で、

ここにわれらは、人民の間から選ばれた代表を通じて人民のための政治が行われるところの人民共和政体の採択を宣言し、この憲法を決定するものである。天皇制は、それがどんな形をとろうとも、人民の民主主義体制とは絶対に相容れない。

と記述していた。

ここには明確な党の基本理念が投影されていた。俺には、国民に代わる人民という語が、新鮮に映った。人民には、それまでの国民が、天皇に従属し、国に束縛され帝国臣民とは異なり、独立した自由人というイメージがあった。さらに明治以降、大日本帝国としての天皇制が、敗戦の破綻をもたらした以上、この体制は変革すべきだと信じた。その背景には、父親が南方戦線で戦死、家庭は崩壊、台湾からの引き揚げという体験がある。

いっぽう、中国大陸では、中国共産党が国民党との内戦に勝利し、新たな人民共和国を樹立していた。ソビエト、中国、東ヨーロッパ諸国など、社会主義こそが、アメリカなどの人間を抑圧する資本

主義に代わり明日の世界の潮流になると謳われた。

日本共産党の叫び声は、焼け跡の町に明るく響いた。少なくとも、俺にはそう聞こえた。時代が変わる、新たな歴史がはじまる、その時に遅れてはならない。何か、せき立てられるように俺は入党していた。

しかし、党は俺の思い描いていた党ではなかった。議会制民主主義は、資本主義のギマンにすぎない。党は武装すると決定していた。なぜ、そうなったのだろう。武装しなくてはならないような状況があるのだろうか。誰彼となく質問しても、それは党中央の決定だという返事がかえってきた。

俺には、なぜ、党が暴力革命を行おうとしているのが、あのコミンフォルムによる批判記事からはじまったことだけは理解できる。そしてそこから、俺の疑念が生まれるのだ。俺の憶測と言ってもいい。それを裏付ける証拠はどこにも見あたりはしない。だが、その疑念は根強い。つまり、それはこういうことだ。

コミンフォルムは、朝鮮半島で何が起ころうとしているかをすべて見通していた。言い換えれば、朝鮮民主主義人民共和国、中華人民共和国、ソ同盟、この三国が連係して、朝鮮半島で大韓民国の打倒を企図した。その準備もしくは、事前の予備行動として、日本共産党に西側陣営の最大の戦略拠点である日本の治安攪乱を、命じたのではないだろうかということだ。そのように推測してみると、実におさまりがいい。

ただ、これに対しては、アメリカも策謀していたという見方が成り立つ。日本国内で、公務員や報道関係の共産党員およびその同調者を排除するレッドパージを行ったこと。朝鮮戦争にともない、日本駐留アメリカ軍の大半を朝鮮に派遣したため、国内治安の空白を埋めるためと、八月十日、定員七万五千人の警察予備隊を創設している。とはいえ、これらの措置は、状況を先取りしているというよりは、後手の感じが否めない。

ところで、党の軍事方針の対象とは、何を想定しているのか。日本の警察権力か、アメリカ占領軍のいずれかか、その両方なのか。

俺は、軍事方針の必要なことの理由が分からないことと同時に、その相手が巨大であることに怖れを感じる。

＊

「平独」の輸送の途中で逮捕されると身の破滅だ。先日、床屋の窓に映っていた俺の姿は、左翼学生の見本のようだった。どうすればいいだろう。俺は考えた。イメージを変えればいい。俺は劇団に属しているのだから、演劇的に処理すればいいのだ。つまりは、左翼学生ではない俺に変化すればいいのだ。まとまったモノを運ぶ学生。他人には、それがまさにそうであるとしか受け止められなければ良いのだ。

学内で見かける学生の姿を思い浮かべてみる。サッカー、柔道、レスリング、硬式野球などの学生はダメだ。俺と体格が違いすぎる。庭球の連中のバッグは大きくはない。うん、軟式野球はどうだろうかと思いついた。軟式野球は、硬式野球の陰にかくれてあまり目立たない。でも、それなりに大きいバッグにバットを差し込んで持ち歩いている。体格も小柄な連中がいる。俺はこれならいけると思った。そうだ。グランド坂上の下宿には、名古屋での同期生の隣室に、軟式野球をやっている男がいる。

　俺は同期生を訪ね、隣室の学生に頭を下げた。

「芝居の役で運動部の学生をすることになったんで、頼みがあるの」

　気の良いその男は、笑顔を見せてうなずいた。

「あの、君の学生服と野球道具、それにバッグを貸して欲しいんだ」

「俺は、体の具合がよくなくて、このところ、練習にも顔を出してないからいいよ」

「ありがとう。じゃあ、借りるよ」

　俺はその場で、服を着替えた。鏡を見ると、少しだぶつき気味だが、格好はついている。でも長く伸ばした髪が帽子からはみ出している。俺は礼を言って、すぐに理髪店に入った。

「僕は、運動をすることにしたので、適当なスポーツ刈りにしてください」

　初老の主人は、俺をじっと見てから、

「あいよ。短くするからね。頭が涼しくなっていいもんだよ」

　バリカンで頭の下を刈り込んだ後、ハサミで大胆に髪を切り落としていった。顔剃りが終わると、正面の鏡に、白っちゃけたスポーツ刈りの男が映っていた。前髪を伸ばしていた作家志望気取りの男はどこかへ消えたのだ。

　俺は店を後にすると、運動部の学生らしく、少し足取りを速め、ポストをめざした。その途中、ちょっとイタズラ心が起きたので、遠回りして戸塚警察署の前を通ることにした。

　俺の秘やかな期待に応えてくれたように、警察署の玄関から、学生担当の今井刑事が私服で出てきた。俺は前方を注視して歩き続ける。今井は、その俺を視野に捉えたが、表情一つ変えないで、すれ違って行った。気づかなかったのだ。たとえ気づいたとしても、俺は非合法機関紙を持ってはいない。俺は嬉しかった。成功だ。俺は扮しているのだろうか、演じているのだろうかと、自問自答しながらポストで紙包みをバッグに納めた。

大学へ戻る道筋、俺は周囲の風景に、俺自身の心情も含めて溶け込んでいるのだと気分が良かった。

＊

俺の「平独」運搬は、軟式野球部員のいでたちで続いている。理工学部建築科の友人は、

「あんたの劇団は、まだ運動部の学生の役の稽古をしてるのか。俺はさ、製図で忙しいんだ。学生服で作業すると窮屈だからシャツ姿で線を引いてる。だから、要る時は、遠慮なく使っていいよ」

「学生劇団だからね、学生の役を取り込んだ方が良いってことで、やってるんだ。当分、借りるよ。ありがとう」

俺は頭を下げてから、学生服に袖を通す。これのおかげで逮捕されずにいるんだ。

俺はポストで紙包みをバッグに入れると、都電を乗り継いで、本郷三丁目で降りた。赤門の向かい側の路地を入り込む。戦災にあわずに焼け残った一軒の木造平屋の玄関の扉を開けた。

「こんにちは。お願いします」

俺が扉に手をかける直前に、狭い庭先にいた中年の女性が姿を見せた。何の感情も示さない。無表情だ。俺の挨拶にも無言で立っている。

俺はバッグから「平独」の包みを取り出して上がり口に置いた。女の頬に迷惑げな影がよぎった。女

は意識的にそうしているのだ。そして女は、あいまいにうなずいた。俺は軽く一礼する。扉を閉めて外へ出た。俺のバッグは空になった。仕事は終わった。

いつものことだが、この仕事が終わると、俺の中から力が抜けていく。脱力感というのだろうか、虚脱感と言えば良いのだろうか。それは充実感や達成感の対極にある空しさだ。なぜだろう。何なのだろう。逮捕と背中合わせの仕事だからだろうか。そうではない。

智子に会いたい。

俺は本富士警察署の前を通るのを避け、赤門から東大構内に入った。池之端門を出て、薄暮の上野の丘を上がって行く。十数分で東京薬科大学の前に出た。

腕時計を眺める。午後五時過ぎだ。智子の授業が終わるまでには小一時間はある。待とう。俺は今、危険な印刷物は何も持っていない。学生証も、定期券も持ってはいない。身元がばれないようにするためだ。

待っているのは悪くはない。幕明き前の座席にいる気分だった。

午後六時過ぎ、智子の姿が見えた。俺は手を挙げる。智子が駆け寄ってきた。

「耕平ちゃん、その格好は何なの」

「ちょっと、やばい印刷物を運ぶのに、変装しただけさ」

「大丈夫なの」

「警察に逮捕されない限りはね」

「……」

智子の眼が潤んでいる。

「ラーメン食べるの」

「できれば」

俺たちは、大学の学食へ入った。いつものように、智子がラーメンを運んできた。

「おや、君は食べないの」

「私は家に帰ってから食べないと……」

「じゃあ……」

智子は俺の前で頬杖をつき、凝視している。見守られているのだ。その熱い視線とラーメンから立ちのぼる湯気が一つになり、眼の前が白くかすむ。眼鏡のレンズが曇っただけのことだといえば、それまでのことだ。でも、俺にとって、それは違う。温もりに包まれている俺たちがいる。そこに言葉はいらない。

俺はひたすらに、箸を動かし、汁を飲んだ。

「ごちそうさま」

平和と独立　第七十二号　一九五一年十一月十七日
紙代滞納は危険な状態にある
共産党の力は大衆との結合の中にある。そし機関紙は、党と大衆を結ぶベルトの役割を果たしている。

ところが最近、この大切な新聞や雑誌の紙代の上がりは非常に落ちている。「平和と独立」「内外評論」「党建設者」なども、また「前衛」「新しい世界」なども代金の納入が八月以来だんだん下がり、十一月の回収率は生産費の半分を下回るという有り様だった。これは、敵の弾圧よりも危険なことである。われわれは、党内外を問わず、読者の大部分はこれらの代金を払っているものと考える。全細胞が前納を続けている例もたくさん報告されている。

しかしこのような回収低下が起こってくる原因はどこにあるのか。われわれは中央から細胞に至る全組織がこれを即刻点検に移し、納入と早期の欠陥を明らかにし、特に上級機関は進んで下部からの点検を受け、この危険な状態の克服に努力するよう訴える。

「平独」は、月間の購読料は五十円、目下、週刊だ。中央編集部から印刷所へ原紙が届けられ、印刷が仕上がると、その輸送・販売は、党員が無報酬で作業する。だから、ここにいう紙代というのは、ぎりぎりの材料費だと考えてよい。

紙代収入が激減しているというのは、なぜだろう。通常、新聞代金の支払いが滞るのは、読者に支払い能力がないか、読者が紙面に共感しなくなってきているかか、その両方だろう。ただ、五十円という金額は、タバコ一箱か、安いラーメン一杯程度で、格段に高いということはない。おそらく、いやきっと、紙面が面白くないというのが、理由ではないのだろうか。俺はこれでも、文学部の学生だから、まがりなりにも文章を読みこなす力はあると自負している。作家や学者の著作から、感銘を受けたり、あるいは文章の行間に作者の思いがこめられているのを読みとることもある。でも『平独』の記事から、感銘を受けたり、理論的に学んだりしたということは、実は一度もない。だからこそ、この輸送作業で逮捕されたりはしたくない。

＊

国鉄山手線鶯谷駅の南口へ出た。右手には寛永寺の霊園、左手に忍岡中学を見て、丁字路に突き当たり、そこを左に曲がると、すぐ右手の横丁の両側に小さな寺院が軒を連ねている。真如院、寒松院、林光院、見明院などなど。その中の一軒に北浜寛海と表札が出ていた。ここに間違いない。格子戸門から中へ入る。御影石の踏み石の先には、桧造りの玄関があった。呼び鈴を押すと、横手の小窓から石土が顔を出してうなずいた。玄関の扉が開き、中へ招き入れられた。

石土光信は玄関脇の三畳間で暮らしていた。室内には小さな坐り机が一つ、その上に二十冊余りの経典と仏教書が載っている。衣類や寝具など、身の回りの品は、すべて押し入れに整理収納してあるのだとか。

今年の春、早稲田大学を卒業して、今は大正大学の大学院に籍を置いている。

向かい合ってあぐらをかき、二人してタバコに火をつけた。石土は大学で会う時とは、まるで違っていたからだ。声をひそめてしゃべるのだ。俺は話の糸口が見あたらず、ため息のように煙を吐き出した。

この家を含め、隣近所はすべて寛永寺の末寺なのだという。石土はこの寺の住み込み修行僧の扱いとなっているという。食事は下働きの老女と台所の隅ですませる。訪ねる人が現れると、挨拶して住職に取り次ぐ。住職の朝夕の勤行の前に、仏堂を清掃する。寛永寺で大きな法要がある時は、石土も法衣をまとって、末席に連なることもあるとか。

室内に香の匂いがする。俺は訊ねた。

「石土さん、あなたはお香に趣味があるの」

石土はニヤッとして、押し入れを開けた。一升瓶が二本ある。

「気晴らしに一杯やっても、ばれないように香を焚いてるだけさ」

「なんとなく、ここは息が詰まるよ。外へ行かない」

俺たちは、すぐそばの寛永寺の墓地へ足を伸ばした。外に出ると石土の声は大きくなり、大学で見る表情になった。

「君は、ずっと党の仕事をやってるの」

「うん、きょうも一仕事終わったところ」

「共産党の指導者は地下に潜ったというけど、君の仕事もそれと関係あるの」

「非合法機関紙を配ってるんだから、見つかれば逮捕されるね」

「君はそれに満足してるの」

「はっきり言って、ぐらぐら揺れてる」

「いやあ、それはいい答えじゃないですか。あんたは自分を偽っていない」

俺は苦笑する。

「それは、石土さんだから正直に返事したんだ」

石土は黙って、タバコを吹かした。そして、問いかけてきた。

「共産党は、何をめざしているのですか」

「人民政府の樹立、社会主義社会の実現ですよ」

「その社会主義とは、何なの」

「人間が人間を抑圧する階級社会の消滅をめざす、こんなことは常識でしょうが」

「ほう、それはいつ実現するの」

「俺は、それがいつかは知らないよ。でも遠くはない未来に実現する。それが歴史の必然だと思う」

「遠くはない未来、そして必然ねえ。それは面白いな」

石土は、独り言のようにつぶやいた。俺は聞き返す。

「何が」

「僕はこれでも僧侶の一人です。つまり仏教徒は、『諸行無常』を真理と受け止めている。このことは、君には説明の必要もないと思うけど、あらゆるものは変化してやまないということだよね。変化は時間の経過とともにある。生身の人間であるわれわれにとって、遠くない未来に必然であることと言えば、それは死だ」

俺たちの周りには、さまざまな墓石が並んでいる。そのためもあってだろうか、石土の口調には、迫ってくるものがあった。

「石土さん、一人一人の人間は、生物として死を迎える。それはそれでいい。でも、人間は孤立しては生きてはいけない。集団的に生きていく。その集団が、支配する者と支配される者とに分かれる。そうなることで権力と富が支配者に集中し、支配される側は、服従と貧困に苦しむ。これを打破して、支配される側が社会の主人公になろうというのが社会主義さ。現にソ同盟はじめ、東ドイツ、チェコスロバキア、ポーランド、ハンガリー、ルーマニア、ブルガリア、中華人民共和国などなど……」

俺はしゃべりながら、決まり文句を並べ立てている自分をうとましく思う。本音は「ぐらぐら揺れている」俺が、真にどうあるべきかが見えないことなんだから。

石土は腕組みして、夕焼空に眼をやっている。

「われわれの中の『われ』とは、一人の人間、個人ですよ。その個人である『われ』に、必ず訪れるのは死。人の未来の終着点は死。仏教の最大の課題は生死のこと。人はどのように生きるか、あるいは生きるべきかです。生き続ける終着点に死があるからこそ、その意味で未来学です。それは別の言葉にすると、人間がどのように生きるべきかでもある。仏教はこの点で現在学だ。とは言っても、僕は死を怖れている。怖れながら生きているのが僕だ。だからいつも僕は迷っている。その僕からすると、人間が人間を抑圧する階級社会の消滅なんぞは、問題にならない」

「石土さん、あなたのような話は、今の俺の周辺では、観念論といって、全く時代遅れのたわごととさげすんでる。でも、まさにでも何だよね、その時代遅れの観念論を俺は理論的に粉砕できないでいる。俺は党員としての理論水準が低いんだね」

俺たちは、顔を見合わせて笑い出した。照れくさくなったのだ。

「じゃあ、また」

俺は石土に手を挙げて、駅へ向かった。しかし、俺は歩きながら、石土の友情を嬉しく受け止めた。石土は直接的にではなく、遠回しに言っていた。その本意は、俺に自分自身をきちんと見定めることがよほど大切なんだということだった。

＊

俺の「平独」運搬は、午後五時ごろにすることにしている。町の通りが、夕方の買い物客で賑わいはじめて、俺自身が目立たないだろうと思っているからだ。でも、それが警察の眼を逃れる良い方法かどうかは分からない。これまでは、そのやり方で摘発されなかったというだけのことだ。

俺はこの日も「平独」をバッグに入れて、豊橋近くの商店街へさしかかっていた。その時、三十メートルほど前を歩いていた若い男に、二人の男が飛びかかるようにして両脇に立った。

俺は後頭部をいきなり殴られたように、一瞬立ち止まった。俺は理解した。若い男は、俺と同類だ。刑事が尾行して、若い男が「平独」の現物を運んだのを確認して、職務質問したのだ。俺はうろたえた。だが、俺が立ち止まったりすると、俺もやられる。張り込んでいる刑事は、二人だけとは限らない。俺は素知らぬ顔で歩く。

若い男は、抱え込んでいる風呂敷包みを、かばっている。一人の男が後ろから、若い男を羽交い締めにした。風呂敷包みは、地面に落下した。

俺はその現場の数メートルまで近づいた。その時、青ざめた若い男は、

「通行中のみなさん、町のみなさん、ファッショ的な警察官が、不法にも検挙しようとしています。みなさん、われわれの自由を奪う警察の横暴に抗議してください……」

震える声で絶叫した。数人の町の人たちが遠巻きに眺めている。若い男の腕には、既に手錠がかけられていた。刑事の一人は、風呂敷包みを開いて、「平独」を取りだし、笑っている。若い男の視線は、焦点が定まっていない。俺はそのそばをまるで無関心を装って通り過ぎた。

若い男は、二人の刑事に背中を押されながら、俺を追い抜いて行った。

若い男は、警官の横暴に抗議してくださいと、町の人に呼びかけた。それは、党組織の国民救援会が配布したパンフレットに書いてあった文言そのままだ。俺は逮捕された若者に同情した。党は圧倒的な人民の支持に守られ、その人民の先頭に立って闘っているという。若者はそれを信じたのだ。そして、人民に逮捕の不当を訴えたのだ。しかし、呼びかけられた人民は、気味悪そうに若者を眺めていただけだった。若者の叫びは、本人が非合法活動をしている党員であることを、警察官に告白したのと同じ効果しかなかったのだ。きっとあの若者も、どこかの大学の学生に違いない。俺たち学生が、非合法活動のかなりの部分を担当しているのだろうか。そして、革命運動における学生の役割と任務とは、一体何なのだろうか。

俺は早稲田から新宿まで、小一時間かけて歩いた。最低限の値段で夕飯を食うためだ。

この日、二百円しか持っていなかった。明日も、それで食わなければならない。金の入るあてはないのだ。

花園神社を過ぎ、伊勢丹の角まで来る。接収されている伊勢丹の前には、アメリカ兵相手の女たちが数人たむろしていた。

俺は西口をめざす。

新宿駅の東口と西口を結ぶ地下道がある。長さ約五十メートル、幅五メートル、高さは三メートルに満たない。頭の上を国鉄山手線、中央本線が走っているのだ。壁には、映画や政党のポスターが一面に貼り付けられている。そのどれもが垂れ落ちる漏水が染み込んで、剥げ落ちたり、ふくらんだりしている。天井には裸電球が十数個ついてはいる。そのか弱い光がかえって薄暗さを増幅している。まっとうな人間なら、ここを通り抜けるのをためらうだろう。いつでも、二、三人の物乞いがしゃがんで頭を地面にすりつけていたり、浮浪者が酔いつぶれて寝ていたりする。街角の吹き溜まりの洞窟なのだ。

西口側の地下道の入り口の南北に、線路に沿って、バラック建ての商店街が密集している。南側には、大福餅や中華料理、喫茶店。北側には、一膳飯、焼き肉、焼き鳥、モツ焼き、飲み屋が多い。

一膳飯屋には、さまざまな惣菜が並んでいる。気に入った皿を手元にとれば、飯とみそ汁が差し出される。できたてのトンカツの香りが、俺の鼻腔に充満した。両あごがくすぐったい。唾液があふれ出ているのだ。でも、俺はそこに立ち止まらなかった。食いつなぐのには、それなりの工夫がいる。俺は生唾を飲み込んで、それから三軒先の店先に置いてある椅子に坐った。

眼の前には、大きな釜が二つ。それぞれに白濁した液状のモノがたたえられ、わずかに湯気が立ちのぼっている。それはクリームシチューなのだ。白い塊はジャガイモ、薄い葉っぱはタマネギ、赤い小片はニンジン、赤く細かい繊維状のモノはコーンビーフだ。この店のシチューは、上が三十円、並が十五円だ。

「並を一杯」

　ねじり鉢巻きをした目つきの鋭い四十過ぎの男が、大きなしゃもじで丼によそってくれた。俺は十五円を払ってスプーンを手にした。俺はしっかりと眼をつむってから、口に運んだ。かすかに、すえた匂いがする。これを味わうというのは無駄だ。ひたすら、流し込むしかない。

　俺は黙って、口に運んだ。わずかに肉の味がしたり、ジャガイモの感触がしたりすると、少し嬉しくなる。

　何か奇妙な感触がした。苦い。

「ゲッ」

と俺はむせた。口の中にあったものを掌に吐き出して、カウンターに置いた。

　店の中にいた数人の客が、何事だという顔をして俺を見ている。

「おうっ」

　すごんだ店の主人の声が飛んできた。

「ウチは食べ物商売やってんだよ。手前は何だ。いきなり、断りもなくだ。俺が出した食い物を吐き出すってな、どういう了見だ。イチャモンでもあるのかよ」

　主人は怒りをあらわにして、俺に文句をつけている。男のモノの言い方は、堅気の口調ではない。

　俺はうろたえた。

「あの、あのですね。タバコの吸い殻が入ってたもんですから……」

「ああそうかい。吸い殻ぐらいで、大騒ぎするのはよしてくれ。手前、その吸い殻を良く見てみろ。

どこのタバコだ」

　くちゃくちゃになった紙の切れっ端を見た。

「はい、チェスター・フィールドって書いてあります」

「そりゃ、どこのタバコか知ってんのか」

「アメリカです」

「そうだよ。それが分かりゃいいんだ。アメリカタバコが入ってるってことはだよ。ウチのネタがアメリカさんから出てるモノだってことだぞ。いいか。俺はリヤカー引いて、直接、新橋の第一ホテルの厨房からドラム缶で引き取って来てんだ。あそこは進駐軍に接収されて、アメリカ兵が泊まってるんだ。日本人の使うホテルより、モノは良いんだぜ。だからよ、店には『進駐軍放出シチュー』って書いてあるんだ。分かったか」

「はい」

「お前さん、わりと素直だな。学生さんか」

　俺はうなずいた。

「話が分かりゃあ、俺もすごむことはねえんだ。俺の仕入れてくるモノは、簡単に言ゃあ残飯さ。でもな、ウチじゃ、将校食堂から出たのを上、下士官や兵隊の食堂から出たのを並に分けて売ってんだよ。ただ、そのまま出したんじゃ、儲けが出ねえから、適当に水を足して量を増やしてるけどよ。まあ、儲けの少ない商売だから、半分は慈善事業に近いけどな」

　俺は一気にシチューを飲み下した。口の中に、あのタバコの苦みが残ってはいたが……。

俺は薄笑いして席を立った。

膨満感と吐き気が交錯する。胃液が喉元まで上がってくるのを何度も飲み下す。俺の内臓が、卑しく腐乱していくようだ。

第九章　年の瀬・そして新年が……

十二月も半ばを過ぎたある日。

新宿地区委員会の「労対」、労働者対策担当の常任委員林田が、文学部前のベンチに坐っていた。俺の姿を認めると、手を挙げた。俺を待ち受けていたらしい。

林田は小柄で色白というよりは青白い。七三に分けた髪は長く伸び放題だ。自分の言いたいこと、つまり、地区委員会の方針や指令を伝達すると、こちらの意見や返事を聞いたりはせず、さっさと帰って行く。

俺も腰を下ろした。

「同志、タバコある」

と手を差し出した。まさに俺がタバコを取り出そうとしていたのを読みとっていたようだ。しかたない。林田に一本を差し出して、俺も口にくわえた。

林田は常になく真剣な表情になった。

「同志、一つ重要な仕事をやって欲しいんだ」

「何を」

「実は近く、都内でニジュウ※チュウソウが開かれる。防衛体制の確保に人手をとられて、連絡系統が手薄になって困っているんだ。そっちを頼みたい」

俺には、二十一と聞こえたが、聞き逃した。チュウソウは分かった。中央委員会総会だ。

「俺みたいな、名もない下っ端の党員が、どうして中央委員会と関係するのか分からないよ」

林田はニヤッとした。

「そうなんだ。まさにそうなんだよ。名もない党員が必要なんだ。警察に顔を知られていない党員じゃないと、安全が保てない。党の主要な、つまり党の中枢は、地下に潜っているから、公然と会議を開くわけにはいかない。仕事は明日から。朝九時に、この紙に書いてある住所を訊ねて欲しい」

林田は、小さく丸めた紙片を俺の掌にねじ込んだ。

「用件は、これで終わり。じゃよろしく」

林田は、右手を軽く挙げた。俺は立ち上がる。林田もそれに続いて立ち上がった。俺と肩を並べて歩き出した。

「同志、昼飯かい」

「うん」

「じゃあ、俺もつきあうよ」

俺はなじみの鶴巻食堂に入った。後ろにいた林田が、さっと俺の前に立って、棚に並んでいる豚カツと漬け物を盆の上に載せてから、店の女に、

「みそ汁と飯は二人前」

それから俺に顔を向けた。

「同志、勘定はよろしく」

俺が口を開く間もない。してやられたと思った。何と言うことだ。俺の予定では、昼飯は百円そこそこであげるつもりだったのに。林田は盆を手にして、空いている席に腰を下ろした。地区委員会の書記の給料は、月額で二千円ほどだと聞いたことがある。それでは、まっとうな生活ができるわけはない。だからと言って、俺がそのとばっちりを受けるいわれはない。

「あんた、何にするの」

カウンターの奥から、女が注文の催促をした。しかたない。俺は節約して、飯は一人前、サバの味噌煮にした。

「えーと、前の人の分もあわせて二百四十円」

俺が勘定をすませて振り向くと、林田はむさぼるように口を動かしている。

俺は林田の食卓から離れ、後ろ向きに坐った。あんたとは、同志なんかじゃない、俺の精一杯の抗議だった。それにしてもだ。金さえあれば、こんなことで腹を立てることはない。そして、こうした些細なことにこだわる俺自身の、品性が下劣であることに嫌悪をおぼえる。林田の、さりげなさを装った卑屈に反発しているそのことだ。ということは、俺と林田は、同類だということでもある。そんな恥ずかしいことを、俺は自分で認めたくはないし、もちろん他人には知られたくもない。でも、一皮むけば、俺もそういう人間なのだ。なんともやりきれない昼食の味わいだった。

俺が食事を終えて、食器をカウンターへ戻そうとした時、林田の姿は既になかった。

＊

翌朝。俺は九時過ぎに井の頭線の永福町駅から水道道路へ出た。そこを横断して、北へ延びる道を行く。静かな住宅街だ。二百メートルほど歩いて右に曲がる。そして二本目の角を左折すると、右手に小さな白壁の二階家に「日本キリスト教団和泉教会」と袖看板があった。その前を過ぎて行くと左手にめざす住居があった。こぢんまりした落ちついた平屋だ。呼び鈴を押す。エプロン姿の中年の主婦が扉を開けた。

「あのう……」

俺はこの際、なんと言うべきなのか戸惑った。眼鏡をかけた主婦は、俺の風体をしっかりと眺めてから事務的に、エプロンのポケットに手を入れて、封筒を二つ取り出し、俺に差し出した。

「この厚い封筒は、届けるもの。薄い封筒には、届け先が書いてあります。それを開いて見て頂戴」

俺は言われるままに封筒を開いた。そこには、高円寺の住所と簡単な略地図が記されてある。

「よく見てね。住所は暗記する。地図は憶えて。いいわね。じゃあ、それを返して」

主婦は紙片を俺から取り上げた。用事は済んだのだから、出て行くようにと目顔で知らせた。

このあたりに来たのははじめてだ。でも北上すれば良いということだけを頼りに歩き出す。すぐ右手に大円寺と記した標石が見えた。その寺の塀沿いに風が吹き抜ける。冷たい。大きく手を振って歩く。体が温まってきた。小さな橋を渡る。善福寺川を越えたのだ。細い道を足の向くままに進むと、賑やかな商店街に出た。高円寺駅の南側の通りだ。駅の北口に出て、少し北上する。頭にたたき込んだ地図での目標は、病院だった。眼をこらすと、病院の標識が見えた。そこから少し入り込めば目標地点だ。急ぎ足になる。見つかった。それは標準的な十五坪ほどの戦後住宅の一つだ。

玄関の扉を開く。

「今日は」

目の前に、目つきの鋭い中年の男が座布団の上で、あぐらをかいていた。俺の挨拶に返事もせず、右手を突き出した。俺は内ポケットから封筒を取り出して、男に手渡した。男は座布団の下から封筒を引きずり出し、俺に差し出した。

「これを持って帰って」

男が低い声で言った。俺はそれを受け取り、内ポケットに格納して、黙って扉を閉めた。

今の男は「持って帰って」と言った。つまり、俺の出発点に戻ることを指しているのだ。俺は「帰途」につく。

俺にはやっと理解できた。俺が今、どのような仕組みの中で、何をしているかがだ。

地下に潜った党の幹部、つまり中央委員は、秘密に会議しているのだ。その会議は一ヶ所に集まって行うのではなく、それぞれ秘密の場所に分散し、文書で意見を交換しあっているのだ。俺が担当した二ヶ所は、ポストと呼ばれる文書の送受信をする連絡所だ。俺はその文書の配送係、レポの役割をあてがわれている。中央委員の誰かは、おそらくそこからあまり遠くはないどこかに潜伏しているのだと思う。

この会議のために、多くの党員が、それぞれの部署を担当しているのは確実だ。その一人一人は、俺がそうであるように、指示された行動以外は、何も知らされてはいないだろう。俺には任務を遂行するだけが求められている。

俺は小一時間かけて、永福の住宅に戻った。そこの主婦は、今朝と同じように、無表情で、俺に封筒を渡した。俺はまた、高円寺をめざして歩く。高円寺から永福へとまた戻る。昼飯代わりに高円寺商店街の一軒で、薩摩揚げを四枚買って、歩きながら食べた。午後六時まで、往復作業は四回続いた。そしてその翌日も同じ作業が繰り返された。俺は黙って歩き続けた。そして、この作業がどれほどの意義があるのだろうかという思いに、俺はすっかり疲れた。

毎度のことだが、党の「任務」に関わって、「手当」をもらったことは一度もない。自分の金で、電車に乗り、食事をするのが常だ。

＊

町の中は、クリスマスの喧噪も終わり、正月の準備にかかっている。

手持ちの金が不足してきた。なんとかしなければ。もう、二十六日になっているが、とりあえず、仕事を探しに行こう。

早稲田車庫前から都電に乗り、九段下で降りる。

坂の上は靖国神社だ。坂の左手から田安門《たやすもん》を抜けて、皇居北の丸地区に入る。そこは、戦時中の近衛歩兵第一、第二連隊の営舎の跡だ。赤煉瓦造り二階建てのゴシック風建物六棟が四角く広い中庭を取り囲んでいる。その中の二棟は、警視庁の警察学校になっている。中庭には、大勢の警察官の卵が整列し、行進したり、敬礼の練習をしている。

その隣の一棟に財団法人学徒援護会の事務所がある。その二階は、学生会館寮として学生が雑居し、自炊しているため、階下まで食べ物の匂いが流れてきていた。

薄暗い廊下には、学生が群がって、壁に張り出された求人ビラを眺めていた。職種・賃金・勤務時間・交通費支給の有無・求人先の名称などが記されている。手先の仕事となる事務系、荷物の整理・運搬などの肉体労働、家庭教師などの知能作業などに分類されている。賃金は拘束八時間、実働七時間で、二百円から三百円、二百四十円というのが最も多い。それは日雇い労働者の日当と同額。つまり学生もニコヨン労働者と同列だ。

俺は多くの学生たちに混じって、求人ビラを眺める。俺は二、三日で終わる仕事を探す。一週間以上になる仕事はできない。芝居の稽古と党の作業ができなくなるからだ。

「株主名簿の整理、日当二百円、西東化学」

このビラが俺の眼にとまった。賃金は相場より安い。しかし、期間が三日間というのがいい。俺は求人番号を書き写して、受付の列に並んだ。

「学生証を見せて。よし。君は仕事の内容、賃金について理解しているんだね」

「はい」

「東京駅前の新丸ビルが西東化学の本社だ。紹介状を書くから、その前に、登録票に君自身の身上について記入して」

担当者は、俺の氏名、所属大学・学部、住所を紹介状に転記した。

「それじゃ、これを持って、明朝、総務部株式課へ行くように」

俺は指定された時間に、西東化学の扉を開けた。一礼して紹介状を差し出す。

女子事務員から紹介状を受け取ったのは、室内の奥に坐っていた男だ。ポマードで髪をなでつけ、黒縁の眼鏡をかけた色白の風貌、紺色のスーツに地味な灰色のネクタイを締めていた。

「棚田君、それではその机で、仕事をしてもらいます」

どうやら、この男が課長のようだ。

机の上には、分厚い綴じ込みが数冊積んであった。椅子に坐ると、隣にいた女子事務員が綴じ込みを開いて、説明しはじめた。

「これは当社の株主の原簿です。二千数百人の株主様お一人ずつ、ここに差し込んである短冊型の紙片に住所・氏名・電話番号、それに保有株数とその得喪《とくそう》の記録が書いてあるのよ。そして、こちらの帳簿には、株主についての変更事項が記載されているの。あなたは、この二つの帳簿を照合して、変更事項を原簿に転記するの。原簿に記入する際、不必要になった事項は、必ず赤インクで二本線を引き、昭和二十六年十二月、何字訂正と添書して欲しいの。分かったかしら」

一気にしゃべられても、段取りは分からない。

「すみません、いくつか言葉が分かりません。トクソウ、テンキ、テンショです」

女はあきれたという顔をした。

「あなた、大学生でしょ。トクソウは、得たり失ったりすること。この場合は、いつ当社の株式を取得し、つまり、株式を手に入れたか、また、いつ、株式を売却した、つまり売ったかということよ。

テンキも分からないのね。これは書き写すということ。テンショはね。添え書きすること」

「分かりました。やってみます。分からなくなったら、また教えてください。よろしくお願いします」

「いいわよ。じゃ頑張ってね。ああ、帳簿をインクで汚さないように、そこにある袖カバーをつけてするのよ」

女はにこっと笑顔を見せた。俺は手首からひじまでを覆う袖カバーを両腕につけた。

俺は二つの帳簿を左右に置いた。変更事項は、その発生した日を基準にして整理されている。株主名簿は五十音順で四分冊になっている。変更事項のある株主の名前を探し出すためには、四分冊の名簿を横にしたり、重ねたりしなければならない。これはある種の力仕事だ。

変更事項のある帳簿は二冊。二千数百人いる株主の名簿が四分冊だから、変更事項はざっと千件はあるのだ。三日間のアルバイトだから、一日当たり、三百から三百数十件の変更事項を処理すればよいのだ。実働七時間だから、一時間に約四十件処理できれば良いと見当がついた。

俺の周り、株式課の室内では、話し声一つしない。数人の職員が、黙々として、帳簿を広げたり、そこに何かを書き込んでいる。

俺もその空気になじんで、作業に身を入れる。一時間ほどたつと、女事務員がのぞきこんだ。

「いいわ。ただ、株主様の氏名、住所は、略字で書かないでよ。沢は澤、実は實というようにね」

俺はひたすらに作業を続ける。

突然、室内に短いベルが響いた。

「昼休みの合図。五十分の休憩なの」

室内の職員は立ち上がり、それぞれに出て行った。俺は階段を下り、ビルの外に出た。陽の光がまぶしい。細かい書き込みを見つめて字を書いていたせいだ。俺は目の前の東京駅の売店に行き、三十円で牛乳とコッペパンを買い、駅の待合室で食事をした。

午後も引き続き同じ作業だ。少し、眠気が出てきて、指先と腕が疲れてきた。

突然、室内のベルが響き、

「社長のご出社です。ただ今、お着きになりました」

女の声でアナウンスがあった。その声が消えた瞬間、男の職員はさっと上着を羽織り、ネクタイの締まり具合をなおしながら、廊下へと出ていった。女事務員も髪を手で整え、

「あなたも、廊下へ出て」

俺も上着を着て、その後に従う。

廊下の両側には、職員がずらっと一列に並んで姿勢を正している。何か気配がした。左手を見ると、波打つように職員が次々と深く頭を下げて行く。廊下の中央を数人の男を従えた白髪の男が早足に歩いてきた。俺はこの男の顔を新聞写真で見たことがある。冨士野愛一郎だ。飴色の眼鏡枠、細かい縞の入ったスーツ、胸には白いハンカチ、背はそれほど高くはない。冨士野は、正面の一点を凝視していた。考え事をしていたのだろうか。深々と礼をする左右の職員の存在は、眼中になく無視しているようだった。

冨士野の室、社長室は、俺のいる三階にあるのだろう、後ろ姿が見えなくなった。それが合図だっ

たように、並んでいた職員は、静かにそれぞれの室に戻った。

それは、実におもしろい光景だった。日本の財界の中枢にいる人物が、企業の中でどのような存在であるかを目の当たりにすることができたからだ。

冨士野の顔色は、冴えてはいなかった。自分の会社の中で、冨士野は素顔を露わにしていたのだろう、その顔には険があった。それが実業家の顔なのだろうか。俺が知っている文学者のそれとはまるで異質の顔だ。でも、その男に、多くのサラリーマンの生活がかかっている。

俺はこの日から三日間、帳簿を相手にして予定の作業を終えた。その間、もう一度、「社長のご出社」を見ることもできた。

その最終日の夕刻、課長は日当の総額六百円の入った封筒を渡してくれた。

この会社も、この日二十九日が仕事納め、明日からは冬休みとのこと。

すし詰めになった中央線の下り電車の中で、俺は金ができたことにほっとしていた。と同時に、丸の内のビジネス街でサラリーマンになるのには、適性が欠けていることも良く分かった。

新宿駅で町に出る。通りから少し奥まったところに白いペンキ塗り木造二階建ての紀伊国屋書店がある。二階の洋書売り場に智子はいた。

「待った」

「今来たところよ」

「きょうは僕におごらせて」

二人して、中村屋の横手、道を隔てて武蔵野館の隣にある渋谷食堂に入る。新宿を代表する大衆食堂だ。家族連れや、通勤帰りのサラリーマンで賑わっていた。

「君の好きなオムライスはどう」

「いいわ、それにする」

「僕は焼きそば」

智子は、真剣な顔つきで、スプーンにしゃくい、頬張っている。俺はとろみのついた具の上に、たっぷり酢をかけてから箸を運ぶ。

オムライス八十円、焼きそば四十円。俺は稼いできた金を、智子のために使うのが嬉しかった。取るにも足りない額だけれど……。

この後、コマ劇場の横にある喫茶店ミニヨンに入る。ここは新宿に数ある名曲喫茶の一つだ。急な階段を上がる。白を基調にした明るい照明の室内に、テーブルが置いてある。壁面に楽譜が飾られていて、十数人の男女が静かに耳を傾けている。

流れているのは、シューベルトの交響曲第八番ロ短調「未完成」だ。

俺は音楽の知識はまるでないが、穏和な柔らかい旋律が俺たちを包む。コーヒーを味わい、俺たちはじっと見つめ合っていた。

「智子ちゃん、一年が終わるね。新しい年がはじまるんだ」

「私たちの新しい年になるんだわ」

俺は頭の中に渦巻いているさまざまなことを口にしたかった。しかし、それはあまりにとりとめがなさすぎる。智子を混乱させるだけだ。

俺はこのつかの間の短い時間を大切にしたいとだけ思っていた。

＊

明くる三十日、俺は母の勤め先へ行こうと、浅草の松屋ビルから、東武電車に乗った。発車するとすぐに隅田川の鉄橋を渡る。最初に停まるのが業平橋、次が曳舟、俺はそこで降りる。改札口を出ると、そこは寺島町だ。この町には機械油と揮発性の液体の臭いがする。通りに沿っている溝には、どんよりとした黒い下水が泡を噴き、メタンガスの臭いがした。俺がふだん暮らしている東京とは、まるで異なる空間だ。決して豊かな人たちの暮らしているところではない。

町全体が工場なのだ。トタン板で囲まれた小さな工場からは、モーターの音が聞こえてくる。住宅だと思う二階家の軒下には、洗濯物が吊り下げられ、一階は、作業場になっていて金属板を切断していたり、ガス溶接をしたりしている。その機械長屋に挟まれるようにして、駄菓子屋が店を出していて、子どもたちが群がっている。

このあたりには、戦前、玉ノ井という売春地域があったが、戦災で焼失、戦後はその近くに、鳩の町と名を改めて営業している。

東口から外に出て突き当たりを右に曲がる。郵便局が見えてきたら、そこでもう一度右に曲がると祈望館にたどりつく。歩いて五分ほどの距離だ。

昭和のはじめ、アメリカのキリスト教婦人団体の手で創立された。大都会東京の貧困地区住民の生活向上を支援することをめざしたのだとか。こうした福祉施設はセツルメントという。

祈望館は四百坪ほどの敷地に、木造モルタル二階建ての本館と平屋の別館がある。二十数人の職員が、診療所、託児所、児童養護、幼稚園などの事業を行っている。

母・迪子は、今年のはじめ、台湾から引き揚げてきてから五年間の愛知県の山村での農婦の生活に区切りをつけて上京。大学の先輩の紹介で祈望館に住み込みとして就職した。乳幼児の養護を担当している。

別館の扉を開けると、そこにはミルクとおしめの臭いが充満していた。板の間に大勢の子どもたちがいる。そのほとんどが孤児なのだ。一人一人の子どもたちには、それぞれの事情がある。貧困のために親が置いて行った子。捨てられていた子。ここに収容されている子どもたちは、祈望館の子どもとして育っている。

泣いている子、折り重なるようにして戯れている子、ぽつんと一人ぼっちの子、子どもたちの声が入り混じって鳥のさえずりのようだ。子どもたちが、いっせいに俺を見つめる。

子どもたちの中にいて、数人の婦人が世話をしている。みんな白いエプロンをしているので、見分けがつかない。

「耕平さん、今日は」

母の方が俺に気づいたようだ。俺は室内の隅に坐り込む。よちよち歩きの子、這ってくる子、子どもたちが、群れなして俺の周りに寄ってきた。

先頭の二三人が、あぐらをかいている俺の膝に乗り、肩に手をかけた。そして、胸の周りに二人三人と抱きつくというか、しがみつくというか、ともかく俺に密着する。まるで俺は、小人国を訪れたガリバーみたいだ。身動き一つできなくなる。俺はじっとしているしかない。

子どもの温もりが伝わり、子どもの匂いでむせかえる。俺は空いている両の手で、抱かれる順番を待っている子どもの頭をなでる。

この子どもたちは、この施設で衣食住を保証されている。だが、不足しているものがある。それは、肌のふれあいだ。

ここには、親はいない。親代わりもかねている保育担当の数人の婦人だけでは手が回らない。きっと今、子どもたちは、俺とのふれあいに、父親との感触を満たしているのではないかと思う。それは俺の生い立ちによる思い過ごしかもしれない。しかし、俺の推測は間違っているとは思いたくない。父は、俺が十四歳の初夏、台湾から南方戦線に出かけた。そして敗戦になっても帰っては来なかった。それ以来、俺は父に良く似た男性に、父の面影の片鱗を求めて、凝視するようになった。四十代の男性の醸し出す雰囲気、それに父を求めたのだった。今もその思いは変わらない。

やがて子どもたちは、午睡の時刻となり、それぞれ毛布にくるまって寝息を立て始めた。

部屋の一隅に、数多くの段ボールの箱が積み重ねてある。母に訊ねると、

「『ララ』『ケア』『ユニセフ』から来たものよ。それはアメリカのいくつかの慈善団体と国連から贈られてきたものよ。アメリカの慈善団体、キリスト教の教会、市民団体が、敗戦日本の復興に役立てて欲しいと、義援金を集めたり、衣類の提供を求めたりして物資を調達したのね。ここにあるのは、中身は脱脂粉乳、チーズ、子どもの衣類、古着などね」

それぞれの箱には大きな横文字が印刷されてある。〝LARA〟〝CARE〟〝UNICEF〟など。眼を近づけると〝LARA〟には、〝Licensed Agencies for Relief of Asia〟、つまり、アジア救済連盟。アメリ

カ・カリフォルニアの日系アメリカ人が主体になって活動しているという。〝CARE〟の下には、〝Cooperative for Assistance and Relief Everywhere〟、これは、全世界援助救済協力機構だ。〝UNICEF〟には、〝United Nations International Children's Emergency Fund〟、国連国際児童緊急基金だ。

「この祈望館に収容されている乳幼児に、日本の国から支出されているお金は僅かで、それだけでは、とても足りないの。だからアメリカからの物資がないと、世話をしきれないのが現状なのね」

アメリカ市民の善意の現物を目の当たりにすると、俺はアメリカが多面的であることを思わないではいられない。

俺は今、アメリカ帝国主義反対と叫んでいる。それは、アメリカの巨大な資本主義体制が、世界に社会主義を実現する妨げになっていると思っているからだ。だがそれは俺の建前だ。俺の本音は、必ずしもアメリカに敵意を抱いてはいない。戦後、俺たち日本人は、アメリカ軍とアメリカ人、アメリカの考え方に接した。戦時中の「お国のために」に代わって、「民主主義」が合い言葉になった。俺もアメリカに出会った一人だ。

俺は高校の頃、アメリカ占領軍の若い兵士と友人になった。その若者の名は、ブルースと言った。俺の英語の語彙は限られている。貧しい表現法しか知らない。でも夢中になって、戦争・平和・民主主義などについて話し合った。辞書を手にして夢中になって話し合った。ブルースには明るさがあった。明けっ広げな善意があった。俺と対等な関係を保っていた。お互いに理解しようと言う熱意があった。だから、俺とブルースは、明らかに心が通じ合っていた。

　アメリカが巨大な存在であることは確かだ。それは、とりもなおさず巨大なさまざまな矛盾を抱えていることでもあるだろう。戦時中の敵国に、善意を形ある物として送り届けてくるアメリカ市民に、俺は脱帽する。

　夕刻六時、母に伴われて職員食堂に行く。既に食膳が整えられていた。ロールキャベツが二個、これが主菜だ。豚汁が添えられている。その香りに刺激され、俺は生つばを飲みこむ。次々と職員が席に着く。三好静枝館長が席を見回してから、両掌を組み、食前の祈りの言葉を唱えた。みんながそれに唱和する。

　父よ、あなたのいつくしみに感謝してこの食事をいただきます。
　ここに用意されたものを祝福し、わたしたちの心と体を支える糧してください。
　わたしたちの主イエス・キリストによって。アーメン。

　館長の人柄も反映しているのだろう。食卓の雰囲気は和やかだ。俺の暮らしている教会とは違う。三杯も飯のお代わりをしてしまったが、炊事担当の女性は、にこやかに応対してくれた。
　母は本館二階に居室を与えられている。床が板張りの四畳半だ。木製の寝台と洋ダンスがしつらえてある。その小さな空間が、俺と母のかりそめの家庭だ。家庭とは、生活を共にする血縁関係を指すのだろうか。その居宅を意味するのだろうか。血縁関係だとすれば、それは家族と言えば良いだろう。

居宅は家屋であって、家庭ではない。とすると、家庭とは生活を共にする血縁関係者とその居宅を指すことだ。子どもにとって親と言う時は、両親の存在が示唆されている。また、兄弟・姉妹の存在も予期される。俺の父は戦死している。俺は一人っ子だ。俺にとっての血縁関係、家族は、母一人だけなのだ。そして、家族の容器である居宅は、俺にはない。今はこの四畳半こそが、俺の家庭なのだ。

俺は母を訪れると、いつも後ろめたい。母は俺が卒業し、就職して一人前の社会人になることに全てを賭けて、働いているのだ。専攻学科を変えたことも、そのために卒業が一年遅れることも、話していないからだ。それに一年遅れたら、確かに卒業できるかどうかは、全く見通しが立ってはいない。そのうえ、俺に恋人がいたり、演劇に夢中になっていたり、党員として非合法活動をしていることなどを、率直に話せば、母がどれほどの衝撃を受けるか、考えるだけでも怯えてしまう。

母の前で、俺はごくふつうの学生らしく振る舞った。勉学に取り組んでいる風を装った。

母の元で二夜を過ごす。そして年は明けた……

平和と独立　三日刊　第九十四号　一九五二年一月二十五日

自衛隊各地で活躍　爆弾で軍需列車を阻止　売国職制の帰りを襲撃

ストにも、供出闘争にも、米軍の武力を背後に予備隊や武装警官隊が襲いかかってくるファッショ弾圧に対して、基地、経営、農山村を問わず国民の抵抗自衛組織が続々と生まれ、その先頭に立つ中核自衛隊は斗いに立った大衆を限りなく勇気づけている。

彼らは数人の組を土台とした班編制をとっており、闘争している大衆の統一行動に守られ統一戦線の前進とともに既に果敢な遊撃行動に移っているが、新潟県V市の自由労働者や町の青年が組織している中核自衛隊は、約束の第一「民族独立のため、死をとして斗う」と決めている。横田の民族独立パチンコ隊は、パンパン追放運動から、基地司令官の妾の宿舎を包囲、パチンコでガラス戸を全て破壊して、司令官を遁走させ、さらにアメ公専用の料理屋を襲撃した。また東京で暮れに敢行されたダレス追放大会のデモの際、警官監視を受け持った自衛隊は、自転車で弾圧部隊へ知らせに飛び出した二名の警官を途中で襲撃して大衆を守ったが、この大デモ以来、売国職制が帰途を待ち伏せられて叩きのめされる事件が相次いで起こり、職場大衆の自衛組織が発展している。

また北海道の真駒内《まこまない》基地周辺の中核自衛隊は、軍需列車の運行阻止、青森では朝鮮人強制送還に反対する中核自衛隊が編成されたが、命を賭けても斗うという条件で各村から続々参加者が出ている。

＊

一月も末になった。相変わらず、「平独」の配布と、稽古は続いている。

早稲田文庫に顔を出すと、石丸太郎が室内の隅っこで腕組みしていた。真剣な顔つきだ。

「やあ」

俺はその前に腰掛ける。太郎は、笑顔も見せずに口を開いた。

「俺は党に戻ったよ」

「どうしてそうなったんだ」

「誰かから、党に戻れと言われたわけじゃない。俺自身の考えでだ」

「だからどうして」

「俺は、反党分子とされて党から除名された。しかし、俺は反党分子とされた多くの学友とともに、あのレッドパージ反対闘争の先頭に立った。そのことを、誤りだったとは思っていない。むしろ、誇りに思っている。しかし、党が今、武装闘争を展開していることには疑問を感じている」

「それは知ってるさ。それなのに、どうしてそうしたんだ」

太郎は、俺から視線を逸らした。そして、

「きちんとそれを説明するのは簡単なことなんだけどな、まあいいか」

太郎は照れくさそうに、

「戦争が終わった時、工場で飛行機の部品作りを止めて、学校へ戻った。つまり、少年産業戦士から中学生に復帰したんだよな。俺は、はっきりと憶えているぜ。焼け跡と青空と空腹だったことをさ。教室でも、街の中でも民主主義だ。俺は戦前から代々木に住んでいた。終戦の翌々年の昭和二十二年、俺は都立青山中学の五年生だった。そのころ、俺の家の近くに共産党の本部ができた。俺は学校の帰り道、本部の書店をのぞいては、立ち読みをしていたんだ。そこにある本は、それまで、俺たちが習っていたこととは、まるで違うことが書いてあったからさ。それまでの国民の代わりに、人民という言葉があった。それだけでも、この党は、日本の明日を、作り変える原動力だと思ったものさ。ある日、店で『人民的民主主義の諸問題』という本を手にしていたら、『ああ、それは僕の本なんだよ』って声がした。振り向くと、放出された軍服を着た四十代の男だった。『僕が著者の神山茂夫』と手を出して握手してくれた。それが縁で、俺は党中央委員の神山さんの家へも遊びに行くようになった。そこで、神山さんは、家庭教師のようにして、俺に社会主義のＡＢＣを話してくれた。俺は手当たり次第に本を読み、質問したりした。半年もした頃、俺は入党した。人民が真の主人公になる社会を創ろうと決意したからだ。党の周辺には、明るい空気があった。俺は、それが好きだった。それが……」

「うん、そのそれが、どうしたんだ。俺の中にも、『それが』がある」

「党の組織が拡大するのにつれ、党の中は、人間的な温かさの代わりに、だんだんと官僚的に変質してきた。それがあのコミンフォルム批判の後、劇的に現れた。党は分裂状態に陥っていた」

「太郎、それは確かだ。党は保守勢力に対するよりも、身近な社会党や、いわゆる反党分子を、激しく攻撃しているよな。俺は党活動をしていて、党員一人一人への思いやりとか、同志愛とかを感じたことはない。党は非情な存在に思える。これが俺の実感さ」

「耕平の印象と、俺の感想とは、それほど違わないよ。俺は除名されているから、それを内部の人間としてではなく、外部の人間として見ていた。しかし、自己批判して、党の戦列に復帰しようとすると、お前なんかの状況もひっくるめて、ためらわずにはいられなかった。しかしなんだ。党の空気というか、党の組織というか、その実態はさておき、俺はさ、俺の志とは何だったろうと、自問自答していた。それを何度繰り返しても、答えは一つだった。俺はこの国で革命を実現し、人民の社会を創ろうと誓ったことだ。俺はこの志に生きよう、そのためには、もう一度、党に戻ろう、その志に賭けようと決めた」

「分かったよ。党に戻って何をするんだ」

「俺が復党願を出したら、復党の条件として自己批判書を書けといわれた。俺は書いたよ。これは精神的な拷問に近かったな。俺の活動と、考えが誤りだったと自己否定を書いたんだからな。そしたら、君には自己批判の徹底の意味もかねて、しばらく山村工作隊に入るようにといわれた。これは一言で言えば懲罰だな」

太郎は自嘲気味に笑顔を浮かべた。

「太郎、君は武装闘争こそが、日本の革命達成の正しい政治路線だと信じてしまったか」

「そんなことは言うまでもない。俺は暴挙に近いと思ってる」

「そんな馬鹿な。太郎、それなのになぜ」

太郎は困ったような顔をした。

「全く馬鹿と言えば馬鹿なんだ。俺の馬鹿の根源は、俺の志にある」

そして太郎は、話をうち切るようにきっぱりと、

「二、三日の内に、俺は出かけることになってる。じゃあな」

俺から視線を外して、太郎は背中を見せた。太郎は歩いて行く。

「太郎のバカヤロウ」

俺は寂しかった。

第十章　第二次山村工作隊進発

一九五二年三月三十一日月曜日午後、細胞会議が開かれた。会場は文学部地階の社研の部室だ。数十人の仲間で、ぎっしりと埋まり、身動き一つできない。

室内を見渡して細胞指導部の村山が口を開いた。緊張した面もちだ。

「極めて重大な状況が発生したので、同志諸君に緊急に報告しなければならない。一昨二十九日早朝、国家地方警察東京都本部は、青梅、五日市、福生《ふっさ》、八王子の各警察署に指令、約百人の警官隊を動員して、小河内村《すごうちむら》に定住して活動していた同志二十三名全員を逮捕した。われわれがこの情報を知ったのは、昨三十日のブル新の朝刊によってだ」

「ブル新」というのは、党独特の用語だ。ブルジョア新聞の略称で、一般商業紙を指す蔑称だ。その企業形態が株式会社だから商業主義であり、支配階層・ブルジョアの意思と編集方針で報道する。だから、日本の人民にとっての真の指針とはならない。真の報道機関とは、党の宣伝部であり、党の機関紙「平独」のみが、革命的な階級性と党派性を保持したメディアであるとしているからだ。

太郎も逮捕されたのだ。太郎は党の武装闘争を正しいとは思っていない。その太郎は、自らの志に生きようと党に戻り、小河内村に派遣されたのだ。太郎は懲罰として山に行かされたのか。太郎の逮捕に心騒ぐ俺。俺はこの党に俺を賭けているのだろうか。もし、俺が逮捕されたとしたら、俺は革命の正義を信じて、権力に対峙し続けるだろうか。俺には、確信も自信もない。

村山は事務的な調子で、語り続ける。

「われわれは、小河内村での工作をどうするかだ。今回の件でも明らかなように、わが党が非公然体制を固め、軍事方針を採用して以来、国家権力は血に狂ったように、不当な弾圧を加えてきている。われわれは、この際、危険を回避して、工作を断念すべきだろうか。そのことを提議したい」

「異議あり。工作続行」

「闘争貫徹」

前の方に坐っている何人かが、拳を振り上げて叫んだ。

「反対意見のある同志は誰かいるのか」

「小河内へ行くぞ」

「ここにいる同志諸君が全員一致であることが確認できた。指導部として討議した結論も、小河内村の拠点は守り抜くという一点にしぼられている。早稲田の細胞は弾圧に屈しない。新たな山村工作隊、つまり第二次工作隊員を直ちに派遣することにしたい。また、工作隊員の指名は、指導部に一任して欲しい」

「指導部一任」

「異議なし」

「指導部としての考えは、早急に、早急にというのは、明朝のことだ。先発隊約十人を送り出す。先発隊の主要な任務は、寝泊まりする場所を確保する。食器、毛布を運び込む。できれば、村内での工作のための政治パンフレットや党の新綱領なども持って行って欲しい。次に今度の日曜日の六日、本隊として約二十人を送り込みたい。この本隊の行動が権力側に把握されないよう、擬装する方が好ましい。学内の文化団体に呼びかけ、『平和ハイキング』と銘打って、シンパと大衆学生の参加を求め、この中に本隊の同志が紛れこみ、そのまま現地に定住することとしたい」

俺は第二次山村工作隊員に指名された。「平独」運搬で、露出度が高くなっており、危険になっているからというのが理由だった。

村山は、もっともらしい表情でそう言った。運搬は危険な作業だ。逮捕と直結している。「平独」の運搬配布で露出した、つまり警察に察知された人物は、容赦なく逮捕されている。逮捕されない限り、露出してはいないのだ。露出度とは、何を指しているのだろう。運搬回数と露出度が比例するのだろうか。愚かな運搬をすると、回数とは関係なく、警察の眼を逃れることはできない。俺は、そうした男を目撃したことがある。

俺は危険な仕事を次々とやらされる。細胞の中でも、こうした仕事をやらされない男がいる。何か作為がそこにはある。俺は反党分子とされたことはないから、懲罰ではない。だとすると、使い勝手の良い「お調子者」と見なされているのではないのだろうか。俺の心中には、この疑念が一つの芯になっている。そしてそれは消えることはない。その部分が化膿しているように感じるのだ。

会議の後、新宿の紀伊国屋書店に立ち寄り、五万分の一の地図「五日市」買い求めた。帰宅するとすぐに、地図を広げた。

現地で警察に逮捕されるようなことにだけは、なりたくないからだ。万一の場合、どうして安全に逃走するか、その経路を頭の中に入れておかなければ無謀無策になってしまう。

小河内村から最寄りの鉄道駅は、国鉄青梅線の氷川《ひかわ》駅、国鉄五日市線の武蔵五日市駅しかない。小河内村から氷川駅までの距離は約六キロ、武蔵五日市駅までは、山越えで十数キロある。主要道路は青梅街道と檜原《ひのはら》街道しかない。

小河内村を所管しているのは、青梅警察署だ。青梅から自動車に分乗してくるだろう。ということは、青梅街道に面する氷川駅への逃走を企てると逮捕は必至だ。山道伝いに武蔵五日市駅をめざすのが好ましい。この場合、山道の険しさに、体力がどこまで耐えられるかだ。

俺は懸命に地図を眺め、地形と位置関係を暗記することに努めた。白紙に鉛筆で、地形の骨組みを描き、小河内村の南側に位置する山々と山道の概略を記入した。これを数回繰り返したことで、少し不安が鎮まった。

四月五日土曜日の夕刻。智子は大隈銅像脇のベンチで、稽古の終わる俺を待っていてくれた。

「君、実験は終わったの」

「グループで段取りよく進めたから、データがとれたの。大丈夫よ」

俺たちは、学食で夕食をすました。

「うちに行こう」

「……」

智子が恥じらいを浮かべてうなずいた。いつもそうなのだが、この後、うまく言葉を口にできない。俺は智子の膨れ上がった重いカバンを手にし、先に立って高田馬場をめざした。

原宿駅で降りた。

表参道のケヤキが若い緑を広げかかっている。宵闇の中を俺たちは腕を組み、足早に歩いた。俺の部屋に入る。俺たちは、立ったまま抱き合い、唇を重ねた。俺は黙って、うながすように、智子の上着やスカートに手をかけた。俺も脱ぎ捨てて、ハシゴを上がる。智子は丁寧に衣服を畳んでから、寝床に入ってきた。

全裸の俺たちは、むさぼるように舌を絡めあう。智子の眉間にしわが寄った。

俺は上体をかぶせて、智子を下に見る。俺の掌に乳房がある。片方の乳首を俺はしゃぶる。瞼を閉じた童女。俺は手探りして、智子が女であることを確かめる。

俺が智子の花唇をまさぐる。

智子の指が俺自身にまといついている。俺はたちまちに張り裂けるように高まる。

俺の指が秘めやかな泉に達する。柔らかな潤い。俺は襞の奥に智子の芯を探り当てる。

智子があえぐ。じょうじょうとして泣いているようだ。

智子の下腹がせり上がり波打ち、息づかいが深くなった。つと、両腕が俺に巻きつき、小刻みに智子が慄えた。

智子は達したのだ。

「智ちゃん、いいの」

「……」

智子はうなずいた。それから体を開いた。智子は俺を見上げている。その智子から眼を離さず、俺は智子に分け入った。温かい胎内の感触。

智子が瞼を閉じると、俺たちは律動した。智子の脚が俺の胴にまとわりつく。俺の中で何かがはじけ、奔騰していく。

智子が俺を押し上げるようにのけぞった。

その刹那、俺も戦慄して果てた。

俺たちは、そのまま抱き合っていた。満ち潮がひたひたと寄せてくるような充足感があった。

それから……

俺たちはふたたび、体を合わせた。

何も口にはしなかったけれど、俺は是が非でも東京へ帰ってこようと心に誓った。

俺は、それから山手線、総武線へと乗り継ぎ、錦糸町まで智子を送った。


帰宅した俺は、深夜、もう一度、装備のことを考えた。行く先は山地なのだ。しかも、当分の間は村に定住するといわれている。四月とはいえ、寒暖の温度差は大きいだろう。どこで寝るのかは分からない。保温が肝心だ。

俺は下着を二枚、その上に厚手のシャツ、セーターを着て、黒く染めた日本軍の放出軍服を引っかけることにした。母が編んでくれた手袋も、忘れないようにしよう。靴は日本軍放出の編上靴がいい。それと手ぬぐいだ。そして、手元にある千五百八十円の三百八十円だけを小銭入れに入れ、残りは小さな油紙で包んで、靴下の中に入れておくことにした。

逮捕され政令第三二五号による軍事裁判の被告にだけはなりたくない。

明けて六日日曜日。午前八時前、新宿駅東口正面には、三十人を超える男女学生が集まってきていた。華やいで、歌を歌ったりしているのは、日帰りするハイキングの連中だ。あまり愉快でない顔をしているのが、俺を含めた第二次隊員のようだ。

出札窓口で、

「氷川まで一枚」

というと、

「百円」

と切符が差し出された。その料金に、俺はめざす山村が近くはないことを知った。東海道線ならば、東京駅から小田原駅までの料金に近い。

八時過ぎ、中央線下り電車に乗り込む。車内は、リュックサックを背負った大勢のハイキング客で賑やかだ。

四、五十分で、立川駅に到着、青梅線に乗り換えた。電車が走りはじめると進行右手に、立川基地が見えた。基地のフェンスに沿って、ヘルメットを被りカービン銃を肩にしたアメリカ兵がパトロールしている。

轟然たる爆音。四発の輸送機が離陸して、電車にのしかかるようにして上昇していった。

基地は戦っているのだ。

俺はふたたびあの戦争の時のように、アメリカ兵を敵として相対峙するのか。俺は今、何の武器も持っていない。俺が見たことのあるのはポケットに入る火炎瓶だけだ。だから、アメリカ帝国主義との対決という構図が、どうしても現実のものとは思えない。

牛浜駅を過ぎると、右手にアメリカ軍機が離着陸している。横田基地だという。次の福生駅のホームには、アメリカ兵とその家族が群がっている。ここは基地の町なのだ。

電車は桑畑の広がる中を抜ける。やがて両側を山に囲まれた線路をのどかに走る。

午前十時過ぎ、国鉄青梅線の終点氷川駅で降りた。木造二階建ての旧い駅舎だ。

駅には、二、三日前から小河内村に常駐している学友が二人して出迎えてくれた。

俺たちは、その二人の後ろにつき、青梅街道を西へ向かって歩き出した。

晴れた空に、雲が一つ、二つ、流れていた。

左手に大岳山《おおたけやま》、御前山《ごぜんやま》、右前方に六つ石山《むついしやま》が望まれる。

山道に沿って、右手に線路が見え隠れする。小河内ダムへ建設資材を輸送する鉄道だということだ。

しばらくは、ロシア民謡などを歌っていたが、緩やかな上り坂が続くとそれも途絶えた。

「まもなく小河内村に入ります」

先導する学生の声。急な山の斜面に十数戸の藁葺き屋根が点在していた。その斜面に数人の村人が作物を耕している。

小一時間、黙々として歩いた。曲がり道の一つを通り抜けた時、前の景観が一変した。目の前には、三十メートル以上もある巨大なコンクリートの壁があった。多摩川をせき止めるダム建設の作業現場だ。その壁の一部に、木材で足場を組み、数十人の作業員が働いている。その人たちが小さく見える。嘆声をあげて、巨大なコンクリートの塊を見上げた。

俺たちを出迎えてくれた学友の一人が、

「ここは小河内村の集落の一つ、水根《みずね》です。ここがダム建設現場です。ここで、村とダムについて報告しておきたい」

学生は話し出した。

一九三〇年当時、東京府は、増大する人口と、工業用水の需要に対処するため、巨大な貯水池の建設計画の検討に入った。東京に注ぐ多摩川水系がその対象となり、東京府西多摩郡小河内村が選ばれた。

村は多摩川に沿って、川下から、熱海《あたみ》、出野《いずの》、原、河内《こうち》、南、麦山《むぎやま》、川野、留浦《とずち》の集落が点在する。世帯数約六百、住民約三千人、耕地面積百八十ヘクタール、農業と林業で生計を立てている。

ダム工事は、一九三六年に着工され、戦時中一時中断したが、戦後に工事は再開された。ダムが完成した時の規模は、多摩川をせき止める重力式のコンクリートダム、その高さは多摩川の川底から百四十九メートル、堤の長さは三百五十三メートルにおよぶ。貯水量は、一億八千九百萬トンを予定し、世界最大の水源ダムになるといわれる。

工事は五年後の一九五七年の完成をめざし、鹿島建設が主体で進めており、千人を超える作業員がいる。

昨一九五〇年から、十数人の早稲田大学の党員学生が、小河内の事前調査に従事していたのだ。だから、その説明にはよどみがなかった。

「……最後に、僕は諸君に伝えるべき最も大事なことを忘れていた。われわれが小河内村で達成しようとしているのは、現在、見上げているこの小河内ダムの建設阻止と村の長年にわたる貧農搾取をしてきた大地主・木村源兵衛の打倒、そして山岳解放拠点を建設する。われわれの軍事組織が、首都・東京の権力奪取のための闘いに、この拠点を出撃していく基礎的諸条件を作りあげるの。この偉大な任務の達成に、われわれは全力をあげて取り組む。以上です」

学友は、そこで軽く頭を下げた。聞いていたそれぞれが拍手。学友は照れて頭をかいたが、

「これはつけたりですが、それと、この湖底に沈む村を主題にして、文学部の先輩である石川達三が『日蔭の村』を一九三七年に発表している。綿密な調査に基づく社会派文学作品の先駆けとなっている。そして同じこの年、流行歌手の東海林太郎が『湖底の故郷』を歌い、多くの人の共感をえている」

「『湖底の故郷』ってどんな歌、聞かして」

女子学生が声をかけた。学友はまたまた頭をかいたが、悪びれないで歌いはじめた。

夕陽は赤し 身は悲し
涙は熱く 頬濡らす
さらば湖底の 我が村よ
幼き夢の ゆりかごよ

哀切なメロディーが風に流れて行った。

俺たちは、さらに青梅街道を歩いて上って行く。

俺はとんでもない所に、来てしまっている自分に身震いしていた。

眼の前に固められている巨大なコンクリートの塊を、どうやって阻止するのか。このダムによって故郷を後にしなければならない村人の支持を取り付けられるのか。俺たちが山村工作隊として、この小河内に山岳解放拠点を建設することができるのか。

俺の胸の中には、不安がふくらむ。

ふたたび歩きはじめた。

道の左手に廃虚のような小さな荒れたバラック小屋がある。

「ここが最初に学友たちが生活していた飯場《はんば》です。ここは原という集落の中で、通称・女の湯と言います。この建物は、金城《きんじょう》飯場です。飯場というのは、土木工事や建設工事を行う際、作業員の宿舎と食堂の機能を果たす施設のことです。昨一九五一年暮れ、第一陣として同志津金《つがね》君を中心に十人の学生が村に入り、村の実地調査を行った後、年が明けた今年の一月二十七日から約二十人が、この飯場に定住しました」

飯場として使われなくなってから、かなり時間が経過しているのだろう。ガラス窓は割れ、泥だらけの床板は、ところどころではがれている。寝具も炊事器具も見あたらない。ここで逮捕された連中は、寝泊まりしていたという。ここが革命拠点だったのだ。俺は一人で深いため息をはいた。

学友は、話し慣れた語り部のように、

「そして、村民への工作活動を行っていました。その内容は、わが党の進路を示した新綱領や機関紙、アジビラの配布、紙芝居などを行っていました。また、村の権力機関である駐在所に対しては、山村工作隊の活動を調査するようなことはするなと抗議したりもしていました。われわれは、現在、ここではなく約二キロほど上流にある地点を本拠地としています」

案内の後ろについて、歩きはじめた。細い道は、山また山に囲まれている。その山肌に一片が二十メートル、縦三メートルはあると思われる白色の標識が、二十メートル間隔で一直線に設置されている。その標識には五三〇という数字が見える。水位標識は、見渡す限りに延びている。そしてこれらの標識の間に赤旗がひるがえっている。それは異様な標識だ。

俺は、案内の学友に訊ねないではいられなかった。

「あれは、ダムが完成した際、あの線まで水位が達するんだそうだよ。五三〇というのは、標高五百三十メールと、あの標識の下部に五二七という数字があるんだが、それが計画水位だということさ」

俺たちは今、やがて湖底となるべき空間を歩いているのだ。下り道の先に、二十軒ほどの家が街道の両脇に立ち並んでいる。温泉旅館鶴屋と記した看板が見えた。集落の外れの大きな岩の上に、赤い小さな祠があった。

「このあたりが鶴の湯です。右手にあるのが村役場です」

見上げると、二、三人の男たちが、腕組みして俺たちを見下ろしている。

「こんちわ」

と手を振ってみたが、何の反応もない。

そこからしばらく歩くと、道を逸れた。その行く手に大きな一枚岩があった。小さな赤旗がはためいている。

「われわれの現在の本拠地に到着です。この岩の下の空間を宿舎としています。この岩を村人は、八畳岩とも乞食岩とも言ってます」

「山村工作隊って、なんだか山賊みたいね」

女子学生のその声に、みんな笑い出した。そして輪になり、弁当を開いた。俺の昼飯は、コッペパン一つに、駅で仕入れた牛乳一本だけだ。これからはじまる定住生活の前途は、決して楽しくはなさそうだ。俺は自分の食物に手を出すのより、他人の弁当を分けてもらうことにした。そうだ。おどける一手だ。

「弁当も持って来れない下宿生活の学生に、どうか皆さん、お恵みを……」

気の良さそうな女子学生に、大げさに頭を下げると、握り飯一個は確実にもらえた。かなり強引な俺のねだりに、非難する眼差しを浴びせられたりもしたが、俺は充分に満腹した。

八畳岩は、大きなひさしのような空間を作りだしていた。そこには、毛布や飯ごうなどの食器が転がっている。岩の下は日陰になっていて気持ちいい。腰を下ろして、しばらくすると、ズボンが湿ってきた。靴の先に黒いものが付着している。良く見ると小さなムカデだ。上から滴が落ちてきたので見上げると、岩肌には、黒く細長い生物が張り付いている。それはヤマヒルだった。

歌を歌ったり、フォークダンスをしたりして、みんなが遊んでいるのをよそに、俺は一人で、村の中へ出かけた。

斜面の畑でクワを振るっている若者に、声をかけてみる。

「共産党とは口を聞きたくねえ。あっちへ行ってくれ」

敵意をむき出しにして睨まれた。

俺は瞬時に理解できた。つまり、第一次工作隊員は、二ヶ月間、ここに滞在し、村人に働きかけていた。しかし、村人には受け入れてもらえてはいなかったということをだ。

河内の集落には、峯谷川の支流が多摩川に流れ込んでいる。カワセミが一羽、軽く弧を描いて水面をかすめ飛ぶ。俺はその鮮やかな動きをじっと見ていた。

俺の足元に小さな橋があり、そのそばの崩れかかった短い石段を上がると普門寺の山門があった。臨済宗建長寺派金鳳山《きんぽうざん》普門寺《ふもんじ》とある。寺の由緒を記した立て札を読むと、鎌倉時代の末期に創建されたとか。この寺は多くの村人の菩提寺として、大事にされてきたのだろう。だが、今は無住となっている。村の芯となる寺から、住職が去ったのは、村人の心がちりぢりになっているのではないのだろうか。

昔から続いた村の生活。ダム工事のために、移転を余儀なくされている村人。突如として、学生が姿を現し、大地主を攻撃したり、ダム建設の中止を呼びかけたのだ。村の若者の一言には、村民の声が凝縮しているのではないのか。これが、英雄的な革命行動として語られている、早稲田の山村工作隊の実態なのではないか。

一人きりの俺は、内ポケットから地図を取り出し、風景と照合して、確かめた。

小一時間、俺は村内を散策して、八畳岩に戻った。

午後三時前、ハイキングの連中は、手を振りながら氷川駅をめざして山道を下って行った。

第十一章　小河内村・原駐在所襲撃

午後五時過ぎ、山嶺に陽が沈んだ。と同時に、風が冷たくなってきた。

残ったのは、二十数人の残留組だ。顔見知りの男もいたが、学生らしくない連中もいた。はじめて顔を見た若い女も二人いた。

政経学部の小柄な安東が、円陣の中央に立った。

「僕が現在、この再建山村工作隊の責任者だ。僕の指示に従って行動して欲しい。改めて言うまでもないが、われわれは党の軍事方針に基づいて編成された山村工作隊です。われわれは共同生活を送るから、今所持している金や食糧などは、一括して財政担当の同志天野に渡して欲しい」

天野が帽子を逆さにした。みんな、ポケットから財布を取り出して、有り金を差し出している。小銭入れを開くと、小銭が帽子の中に落ちていった。俺が予感していた状況は、現実になりそうだった。有り金を共有化し、財政責任者が一括管理すると、個人的にここから出て行くことは不能になる。後ろめたかったが、俺は靴下の中に隠した金だけは渡すまいと、素知らぬ顔を決めていた。

それを見届けた安東が、笑顔を見せた。

「これで、われわれはここで完全な共産社会の見本を創り上げたということになるね」

「異議なし」

笑い声があがったが、安東は表情を変えた。

「同志諸君、われわれは午後九時を目標に、最初の軍事行動を行う。攻撃目標は、この八畳岩から二キロほど、川下に下った原駐在所だ。この駐在のポリ公は、俺たちの行動を克明に調査している。村の連中に、俺たちへ対する反感、恐怖感を吹き込んでいる。われわれは駐在所に押しかけ、ポリ公に抗議し、吊るし上げ、謝罪文を書くことを要求しようと思う。これは、第一次工作隊の全員逮捕に対するわれわれの反撃であり、同時にわれわれが弾圧に屈することなく、闘い続けることの明確な意志の表明でもある。何かこのことについて、質問はありますか」

「……」

夕闇が墨色にみんなの表情を塗り込めてしまっている。質問は出なかった。

「同志諸君の本拠地は、この八畳岩です。各自、岩の下に置いてある毛布一枚を寝具にして、それぞれ適当に寝てください。水は少し下に下りた多摩川の水で用を足すこと。便所については、まだ、設営が終わっていないので、各自、適当な場所で始末してください。今夜の食事は、氷川の町で仕入れてきたコッペパン一個です」

安東は話し終わった。俺たちは坐っていたその場に固定したように動かない。話し声も聞こえない。

俺はこの場の誰とも話したくはなかった。正確に言えば、心を開きたくないからだ。

俺は、これからはじまる軍事行動が無謀だと思っている。できることなら、それには参加したくない。この山の中にまで来たことを後悔している。

俺はきょう昼前、眼にしたダムの建設を阻止できるという確信も見通しもない。

俺は俺自身と、濃密に話し合っていた。

後ろにある小岩にもたれかかり、星空を眺めた。北の空に北斗七星を見つけ、北極星も探し当てた。頭を回して見ると、天空の下は見えない。俺たちは、すり鉢の底のような地形に位置しているのだ。何となく深井戸の底から、星を眺めているような気分になってくる。ふと瞼が重くなった。

ゆさぶるように肩を叩かれた。うたた寝をしていたようだ。眼の前に黒い小さな塊が差し出されている。無意識に手を伸ばして受け取る。コッペパンだった。楕円形のふわっとした感触が手にした。かぶりつくと、歯ごたえはない。噛みしめると、にちゃつくような塊になってのみこむ。俺はポケットから牛乳瓶を取り出し、そっと紙蓋を外して二口ほど飲み、またしまい込んだ。

風がひんやりする。俺は岩の下へ行き、毛布を一枚取り出して体をくるんだ。毛布は湿気を帯びている。とても体を温めるのには、役立ちそうにない。

俺、いや俺たちは、これから何をしようとしているのか。目標は駐在所だという。そこには警察官が家族と暮らしているのだろう。

警察官が、国家権力の末端に位置するのは確かだ。日本の革命は、駐在所の襲撃からはじまるのか。俺たちは、俺たち人民の軍事力で、国家権力と真っ向から対決しなければならないほど、緊迫した状況にあるのだろうか。

俺はなぜ、このように考えるのか。俺の生きている、俺が肌身で感じている、生活感とあまりにもかけ離れているからだ。

俺は思う。そして感じる。

あの戦時中、学校の教師が、

「われわれは、歴史上かつてない危機的な状況にある。この苦難を乗り越えるためには、国民の一人一人が全力をつくすことしかない……」

と叫んだ時、生徒であった俺たちには、共感するものがあった。激しいアメリカ軍の空襲で、町が破壊され、初老の男も戦場に向かっていたからだ。

でも、戦後七年目を迎え、朝鮮半島で激烈な戦闘が行われているのに、また貧しさから抜け出そうと懸命に働いているにせよ、俺たちには平穏な毎日がある。

だのになぜ。

「さあ時間だ。出発するよ」

安東の声に、俺たちは立ち上がった。

俺は、人気のないところでズボンを開き、放尿した。その時、智子の体臭が立ち上ってきた。始末しなかった昨夜の名残だ。生々しく智子の姿態が浮かぶ。

足元には、大小の石が転がっている。前を行く仲間の足の動きを頼りにして、斜面を上り、道に出た。

俺たち二十数人は、黒い小さな塊となって、曲がりくねる道を下る。誰も声を発しない。みんなは緊張しているのだ。足早にひたひたと歩く。

八畳岩を出発してから約二十分。

先頭に立っていた安東が立ち止まった。道の左手に赤いランプがついている。駐在所だ。

その入り口に通じる脇道を上って、みんな集まった。

安東と数人がガラス戸を開けて中に入った。

「今晩は」

「……」

「今晩は」

安東が、机の上の警察電話の受話器を取って、二、三度、ガチャガチャと叩きつけた。

「何の用ですか」

眼をこすりながら寝間着姿の中年の女が姿を見せた。駐在の妻女だ。

「俺たちは、駐在に用があって来たんだ。旦那を出して」

その大声に、妻女は事態を理解した。さっと顔色が変わる。両手で寝間着の胸元を整えようとするが、その指先が震えている。

「家の人は、今夜はいません。青梅の本署に行って留守です」

妻女は、玄関の上がり框に坐りこんだ。

「きょうの午後は、いたじゃないか。いるのは知ってるんだ。呼んできな」

「夕方に招集があって、出ていったんですよ」

「奥さん、俺たちがどういう人間なのかは、分かっているんだろうな」

妻女は、生つばを飲みこんだ。そして、

「村でお見かけしたことはありませんから、分かりません。何のご用ですか」

俺は駐在所の外で、様子を眺めていた。俺のそばにいた一人が、

「おう、これが電話線だ。切断しておかないと危険だな」

ジャックナイフを手にして、玄関先の柱に張り付いていた電線を二ヶ所切った。その男は、駐在所の中に入り、電話機に付属している電池も切り離した。それから、受話器を耳に当て、電話機のハンドルを回した。

「これで、青梅の本署との電話連絡はできない」

「あんたたちは、こんな夜更けに大勢で駐在に押しかけてきて、何をするんですか」

妻女は反論してきた。

「俺たちは、小河内村へ来た山村工作隊の隊員さ。あんたの旦那は、俺たちの活動をあれこれ詮索しては、報告している。俺たちは民族解放の正しい活動をしているのに、こないだは、俺たちの仲間を検挙した。それはあんたの旦那の報告が原因だ。今夜は、そのことについて謝罪してもらうのと、俺たちの周りをかぎ回るようなことをしないと誓約書を書いて欲しいとやって来たんだ」

「あたしは、女ですから、そんな難しいことは分かりません。それに、家の人は、きょうはいないんですから、帰ってください」

妻女は、腹をくくったのだろう。落ちついた声音で話し出した。

押し問答が繰り返される。

俺は一人でそっと駐在所の裏に回った。駐在所は、事務を執る一室に続いて、家族と暮らすこぢんまりした生活棟で構成されている。その一室は雨戸が閉められていた。戸板のすき間から光が見えた。俺は足音をしのばせて、すき間に眼を近づけた。

六畳間に裸電球が一つ、布団が二組。その一組の布団の上に白髪混じりの男がいた。寝間着姿であぐらをかいている。

蒼白の顔面だ。何か手を動かしている。何だろう。もう一つ下にあったすき間からのぞきこむ。男は回転式拳銃に銃弾を装填していた。男の手は細かく震えている。弾倉になかなか銃弾は入らない。男の視線が定まらないのだ。男は実に緩慢に、その作業を続ける。男は手元の銃弾の装填を終えた。弾倉を回転させて、結果を点検している。六発の弾丸は発射できるのだ。

男の枕元には、制服と制帽が置いてある。でも男は着替えようとはしない。少しでも室内の音が聞こえれば、在宅が露見するからだろう。

「駐在は奥の座敷にいるぞ」

と、俺は叫びたい衝動に駆られた。だがそうすることで、その後にどのような事態となるかを思った。必ず血が流れるか、場合によっては命が消えるだろう。

俺は、そっと雨戸から離れた。駐在所の入り口では、

「ポリ公の弾圧反対」

「小河内ダム建設反対」

などと、叫び声を上げて、みんなが引き揚げようとしていた。

俺の見たことを何も言わなくてよかった。と思ったが、もしも叫んでいたら、どうなっていたかと、改めて恐怖を感じた。膝頭が小刻みに震えてきた。猛烈な尿意が襲ってきた。俺は道端に立ち止まった。ほとばしる小便の軌跡。智子の残り香。とめどなく放出されているのではないかと思うほどに長い小便だった。俺は小走りにみんなの後を追う。

八畳岩に戻ると、

「同志諸君、今夜の軍事行動は、肝心の駐在が不在だったが、駐在の女房を相当程度吊るし上げたことで成功だったと思う。これからも必要があれば、さまざまな軍事行動は発動する。ご苦労さんでした。では休んでください」

俺は、毛布をかぶって岩の下に入ったが、じめじめとした湿気に耐えられず外に出た。適当な大きさの岩を背中にして寄りかかり、眠ることにした。だが、眼をつむっても、頭の中は冴えきっている。俺は眠気をまるで感じないまま、夜空を見ていた。

第十二章　潰走……

何か差し迫った声が耳元で聞こえる。

「おーい、みんな起きてくれ」

俺はそこで目覚めた。いつの間にか眠っていたのだ。まだ頭の芯は重くよどんでいる。
二、三人の仲間が、立ち上がった。川下の方角を指さしている。何が起きたんだろう。俺も立って瞳を凝らした。
水根の集落あたりをサイレンを鳴らしたトラックが数台走っている。

「おい、警官隊だぜ」

川下の道に、豆粒のようなトラックが止まり、荷台に坐っていた警官が降りて整列している。青色のヘルメットをかぶり、それぞれ六尺棒を手にしている。警視庁予備隊だ。そこへサイレンと鐘を鳴らしながら、消防車も数台合流した。法被《はっぴ》を着た消防団だ。小グループに分かれた警官隊の先頭に消防団が立って進みはじめた。俺の周りで数人の男女が悲鳴を上げた。

「俺たちを逮捕するつもりだ。どうしよう」

「ここに立てこもって最後まで抵抗するか」

安東が緊張して叫んだ。

「敵の数が多すぎる。残念だが、第二次山村工作隊は、一時解散だ。各自、それぞれに工夫して逃げてくれ」

腕時計を見る。午前七時だ。

ここへ来る前に、俺の抱いていた不安が、やはり現実のものになったのだ。逃げなければ……。俺はいちはやく、走り出した。

警官隊との距離は七、八百メートルしかない。

山の中へ入らなければダメだ。

俺は懸命に走った。

振り向くと、何人もの警官隊と赤い法被姿の消防団員が迫っている。

ひたすら南をめざした。

細い山道が見えた。息が切れる。

着込んでいるので背中は汗にまみれていた。牛乳を取り出して一口飲んだ。北に小河内神社の社殿が見えた。地図を内ポケットから出して照合する。現在位置はクキサワだ。四キロ歩けば、鞘口峠《さやぐちとうげ》に達するはずだ。俺は足早に上りはじめた。

後ろからあえぐような息づかいが聞こえてきた。ギョッとして振り向くと、三人の男がいた。

「あ、あんたは俺たちの同志だろ」

はあはあしながら、男の一人が問いかけてきた。顔つきに見覚えはなかったが、

「ああ」

俺はしぶしぶ返事した。逃げる時は、一人きりで逃げようと心に決めていたからだ。

「よかった。じゃあ、俺たちは一緒に行動しよう」

「うん」

「同志、あんた、このあたりの方角を知ってるのかい」

「いや、はじめて来たのだけど、地図を持ってるんだ」

「じゃあ、俺たちはついて行くから、先頭で誘導してくれよ」

「分かった。これから一時間か一時間半、休みなしで歩く。遅れないでな」

俺はやっかいなことになったと悔やんだが、そうなった以上は、共に行動するしかない。

道は急な上り勾配だ。しばらく歩き続けると、膝頭がガクガクした。自分の意志とは、まるで違うように動く。でも、それを口実にして、速度を落とすわけにはいかない。歯を食いしばって一歩ずつ進む。後ろから、

「同志、もうちょっとゆっくり歩いてくれないか」

連れの男が懇願している。

「そうしたけりゃ、ゆっくり歩きな。そうしてりゃ、間違いなく警察が掴まえてくれるぞ」

「おどかさないでくれよ。歩くよ。歩くよ」

山は深くなった。杉やヒノキに覆われ、山道は水気を含んで滑りやすい。足元を見て、しっかりと

足場を確保しながら歩くのだ。

　ふと勾配がゆるやかになった。山頂の鞘口峠に達したようだ。腕時計を眺める。まだ、午前九時前だ。峠にも木々が生い茂っていて、そこからは何も見えない。

「ここで休憩しよう。だが、道から見えない場所に移動してからだ」

　俺は峠道から百メートルほど外れた木陰に、みんなを誘導した。

　俺たちは、地面に坐った。俺は三人に、

「ここなら大丈夫だろう。少し休憩しよう。俺はあんたたちを知らないんだ。お互いに自己紹介しよう。俺は早稲田の中田だ」

　俺の右横にいたずんぐりした男が手を挙げて、

「俺も早稲田の林」

「君はどこの学部なの」

「俺は第二法学部一年」

「俺は第一文学部の三年」

「やっぱり先輩なんだ。よろしくお願いします」

　俺は前にいるがっちりした体格の二人組に声をかけた。

「あんたたちは」

「俺らは池袋のニコヨン。俺が豊島で、こいつが高田」

　豊島が大柄で、高田は小柄だ。

「あの、ニコヨンて何」

「お前さん、モノを知らねえんだな。それでも党員かよ。ニコヨンは自由労務者、日雇い労働者と言ってもいい。日雇いだから給料は日給だ。それの相場が一日あたり二百四十円、略してニコヨン。つまり俺らのことさ」

「どうやって仕事を探すの」

「俺らは職業安定所で日雇い労務者の就労手帳の発給を受ける。毎朝、職安に行くと、その日の求人募集が出ている。それに応募して採用となれば、その日の仕事にありつける」

「どんな仕事なの」

「土木関係が多い。穴掘り、道路の掘り返し、建設現場の基礎作りとかだ」

「仕事が見つからないと」

「アブレだよ。職安の前には、役所が募集している他に、労務者を集めに来ている手配師がいる。手配師は、一定の人間を集めて、まとめて会社に売るんだ。相場より安くな。そして、会社から受け取った金を、ピンハネして俺たちに分けてくれる」

　日雇い労務者の暮らしざまを聞いている暇はない。

「あの、ニコヨンの同志よ、小河内村は、俺たち早稲田の担当だと聞いているんだけど、あんたたちはどうして来たの」

　高田が、どうしてそんなことを聞くんだというように、

「党は、今、非常体制をとってる。新宿、豊島、渋谷などの地区委員会を統合して、西北委員会を編

成したということなんだ。そして俺らは、その西北委員会の指令で、ここへ来たんだ。同志中田は、西北委員会のことは聞いてないかい」

「いや、今はじめて聞いたよ。さてこれからどうしよう」

俺はみんなに問いかけた。

「どうしようってのは、どういうことさ」

豊島が俺を睨んだ。

「逃げるか戦うかのどっちにするかってことさ」

豊島の瞳に怒りが走った。

「民族解放の闘いで、逃げると言うのは、階級的裏切りじゃないか。それは許せない」

俺も負けてはいられない。カッとしてきた。

「駐在所を襲撃された警察は本気だぜ。見ただろ。今朝、動員されていたのは百人を超えるヘルメットをかぶった予備隊だぜ。短い警棒じゃなく、六尺棒を手にしていた。徹底的に山狩りをするよ。これに対して、俺たちは四人、何も持ってない。逮捕されれば、民族解放になるとは思えないよ」

豊島は、自信ありげな表情になった。

「俺は池袋の中核自衛隊の隊員さ。だから、武器も持ってる」

「武器」

豊島は上着の両ポケットを軽く叩いた。俺は慌てた。

「ちょっと待ってくれよ。その現物を見せてよ」

豊島は得意げにポケットに手を入れ、ニッカウヰスキーのポケット瓶二本を取り出した。火炎瓶だ。俺ははじめてそれを見た。でもそのことは知っている。それは党が、昨五一年十月、『栄養分析表』という題名で秘密出版した各種の爆弾の製造法のマニュアルで作られたものだ。確か、その構造は、次のようなことだった。

濃硫酸とガソリンを一定比率で混合して封入する。瓶の外側には、塩酸カリウムの溶液を染み込ませてある。火炎瓶を目標に向かって投げ、瓶が割れて濃硫酸がこぼれ出して、ある種の過酸化物に触れると発熱して発火する。

「俺はこれでポリスを粉砕するんだ」

豊島は胸を張った。やる気満々だ。俺はこの男を説得しなければと、

「同志、あんた火炎瓶で、どうするんだ。どういう効果を、これが発揮するんだ」

「俺はこれを警官隊の中心に投げる。すると、これが爆発して奴らを吹き飛ばす」

「あんた、これが爆発すると教わったのか」

「池袋の中核自衛隊の隊長はそう言った」

「それはまるで違う。火炎瓶は爆弾じゃない、燃えるだけだ。しかもだ、その瓶の液体は、一八〇CCしかない。それが燃えるためには、瓶が割れて中の液体が外側のレッテルに触れなきゃダメだ。瓶が割れたら、すぐに燃え出すんじゃないぞ。それにだ。土の上で割れれば、液体は土の中に染み込む。だから、あっという間に消えるだろう。また、舗装してある地面で割れて、うまく燃えたとしても、コップ一杯にも足りない燃料が、どれだけ燃えるか分かるだろ」

「あんた、どうしてそんなことを言い切れるんだ」

「俺んとこの大学の化学を専門にしてる奴に聞いたんだ」

「俺には信じられねえ」

「火炎瓶の話は、とりあえずそこまで。他の連中はどうだ」

「同志中田は、逃げる気なのか」

ニコヨンの高田が俺に反問してきた。

「俺は捕まりたくないから逃げる。おい、法学部の同志林はどうする」

「僕も捕まりたくない」

「それじゃ、意見が分かれたようだから、そっちのニコヨンの同志二人は、火炎瓶でポリ公と戦えよ。俺はこの同志林と逃げる」

「よお、同志を捨てて逃げるのは卑怯だぞ」

豊島がブスッと口にした。

「俺は、君の意見を尊重してるだけだ。小河内村の山村工作隊は、さっき解散したんだ。今は、各自が自主的に判断するしかない」

俺はニコヨンの同志とつき合う気など、まるでないのだ。

「分かった。同志が分裂するのはまずい。四人で統一行動をとる。あんた、地図を持ってるんだから、俺たちのキャップとしてやってくれ」

豊島の表情には、心細さが浮かんでいた。

その時、峠の上から何か聞こえてきた。

「ちょっと黙ってくれ。山狩りしている警官隊みたいだ」

耳をすます。人声だ。風に乗ってはっきりと聞こえる。

「第一小隊は鞘口峠から風張峠に延びる道を押さえて捜索にあたっています。目下、人の気配はありません。奴らはこの道へは来ていないようです」

しまった。警官隊は俺の逃げようとしていた山道を確保している。とりあえずは動けない。

「しばらくここに隠れていよう。喋っちゃダメだぞ。木の陰に寝ていろよ」

さいわい、きょうも晴天だ。木漏れ日にほんのりと体も温まる。興奮して寝つかれなかった昨夜の疲労が噴きだした。瞼の裏に、無数の赤い陽の玉が渦巻いてきた。


頬を撫でる風の冷たさに、眼があいた。時計を見る。午後四時過ぎだ。周囲を見回す。二人は眠っていたが、豊島一人は所在なげに膝小僧を抱えていた。俺を見て、思いがけず人懐っこい笑顔を見せた。俺も笑顔で、

「腹も減っただろうし、喉も渇いただろ」

「ああ」

「暗くなってから行動する。食い物のことは忘れてくれよ」

それから夜が来るまでの時間は、やりきれない長さだった。俺は地図を広げ、周囲の地形を頭に入れようと凝視した。

どこをどう逃げるのが安全だろう。鞘口峠から風張峠《かぜはりとうげ》につながる道筋には警察官が張り込んでいる。

俺たちの現在位置は、鞘口峠から百メートルほど南下した山の斜面だ。みんな疲労している。大きく迂回路を行ったのでは、体力がもたない。闇に紛れて山道を一気に三キロほど下りれば、檜原村の数馬《かずま》の集落に入れる。そうすれば、井戸もあるだろうから、水は補給できる。夜の内に檜原街道を歩き続け、夜の明ける前にどこかへ隠れこめばいい。

これが俺の結論だ。他の連中は、この周辺の地形に関しては分かっていない。だからこれは相談しても無駄だ。俺の思ったとおりやるしかない。

夜風が冷たくなった。俺たちは立ち上がり、山道に戻った。手探りで道を下る。

しばらく行くと、林の間から星空が見えた。俺は真剣だ。

俺は星座に通じているわけではない。これまで興味を抱いたこともない。

俺の知っている星の知識は、台湾軍における何回かの実習で、学んだだけのことだ。

俺、いや俺たちと言うべきだ。一九四五年夏、俺たち台北の中学三年生は、志願させられて台湾軍に編入された。日本陸軍の中で、最年少の二等兵としてだ。俺たちは、台湾北東部の山岳部に陣地構築を命じられていたが、その中から選抜された仲間は、船舶部隊に転属を命じられた。

そこで俺たちは、船舶通信を担当するように命じられ、電気通信術と通信工学を学習させられた。

俺たちの任務は、ベニヤ板で造られた高速艇に爆弾を装備し、敵の艦船に体当たりすることだとされていた。

その訓練のさなか、教官が、

「貴様たちも、海へ出たら、星を見て、自分の現在位置と方角を確かめることのできる知識を身につけろ」

と、夕食が終わると、兵舎の外に出て、星座を確認する教練をしたのだ。そんなことは、すっかり忘れていた。


でも今は、その記憶を頼りに方角を確かめ、逃げ切らなければならない。

月は下部が少し欠けている。月齢十か十一といったところだ。天空に雲はかかっていない。星は読みとれる。北斗七星が天空にあって柄杓《ひしゃく》の水を注いでいるようだ。柄杓の先端の二つの星を結んで下に仮想の直線を伸ばすと北極星を見つけた。

眼を凝らすと、北極星のすぐ上に小さい星が一つ、そこから視線を左に移すと、六つの星が見つかった。キリン座だ。

北極星の下にカシオペア座を見つけようとしたが、山の稜線に阻まれて見えない。

北の方角は確認できた。回れ右して南の空に対する。左手の上にオレンジ色の星を見つけた。うしかい座のアルクトゥルスだ。そこから斜め右下に視線を走らせる。一際白く輝く星・スピカだ。これがおとめ座の星の一つだとは憶えているが、どの星がおとめ座に属するのかは知らない。そしてさらに斜め右上を見つめると、しし座のデネボラが見つかった。この三つの星を結ぶと春の大三角になる。

南の方角を確認できた。南を十二時だとすれば、少し西の十一時の方向ならば、間違いなく、めざす数馬《かずま》の集落には着ける。俺たちが歩いている道はまさにその方向に下っている。よし。慎重に歩けばいいのだ。

　俺はみんなに、落ちている木の枝を杖にするように言った。そして、中腰になって闇をすかすようにして道をたどった。道の両側には木々がある。その間を行けばいいのだが、山道は舗装道路ではない。小石があったり、木の根が露出していたりで、つまずきそうになる。俺たちの一歩一歩が、逮捕から遠ざかっているのだ。先頭に立つ俺は、眼が疲れてきた。しかし、歩みを止められない。

　俺はポケットにあるコッペパンをちぎって、そっと口に運んだ。半分だけは残しておくことにした。誰にも分けてやる気はない。

　夢中で歩き続けた。

　山道の下に灯りが一つ、二つ、見えた。間違いなく数馬の集落だ。するとほどなく、広い地道に下り立った。人影はない。俺たちは、とある農家の井戸で、水を飲んだ。からからになっていた喉がうるおうと、一気に汗が噴き出した。

　星空に向けて腕時計を見る。午後十時だ。山を下りるのに三時間以上かかっている。

「ここからは道が平らだし、車も通る。これから十キロ歩く。地図で見る限り、途中に警察の駐在所もないはずだ。みんな、歩いてくれるかい」

「異議なし」

　俺たちは足早に歩き出した。途中に案内標識の一つもあるわけではない。車も通っていない。ところどころの集落に灯りが見える。村人の眼に触れてはならないのだ。

俺たちは歩いた。何かに憑かれたように歩いた。いや、俺たちには、逮捕への恐怖がある。誰も口を利かなくなっている。息が弾んでいる。逃げていると、逮捕される恐怖から逃げたくなってくる。民族解放、革命の大義のために、俺たちは逃げていると思ってみても、逃げているという意識が、不安をいっそうふくらまし続ける。

俺たちは、黙々として東をめざした。歩き出してから二時間半。午前零時半。右手から延びてきた道と合流する丁字路に達した。

「みんな頑張ったんだ。ここは、小河内村の南にある檜原村の中心・本宿《もとじゅく》だ。この丁字路を東に行くと、約五キロで武蔵五日市駅に着ける。もう少し元気を出して小一時間歩いてくれないか。そこで休憩する」

小声で話す俺に近づいたどの顔にも、深い疲労が刻まれている。しかし、妥協してはダメだ。ここで朝を迎えたら、確実に人目に触れることになる。

「しょうがない。頑張るよ」

高田の声は悲鳴に近かった。

俺たちは動き出した。速度はすっかり落ちている。朝から歩いた距離は、まだ十数キロだ。俺たちの若さから言えば、歩けない距離ではない。逃げることの心理的な重圧が、疲労を加速させている。振り向くと、いつしか俺たちは、固まってではなく、バラバラになって歩き出していた。眠気がしてくる。それに耐えながら、歩き続ける。

檜原街道から左に通じる小径が見えた。めざしていたのはそこだ。小径の先に橋があった。橋の手前に急坂がある。ずり落ちるように、俺たちは河原に下りた。

　俺はそこでみんなに言った。

「ここで朝まで寝よう。いいか。俺たちは昨日、ハイキングに来て酔っぱらい、みんなでここに寝たんだぞ。俺たちはニコヨンの友だち同士だ」

　三人が無言でうなずいた。俺は素人芝居の演出家になったようだ。

　河原の砂地にある岩にもたれると、体中がジンジンして眼をあいてはいられなくなった。


　体中が温かい。なんと心地よいことか。

　瞼を閉じているのに、なぜかまぶしい。そして、絶え間ない水音が聞こえる。俺は、どこにいるのだろうと不思議に思った。俺の寝ている穴蔵の三畳間には、陽の光は射し込まない。

　俺は薄ぼんやりと眼を開いた。そして俺が、河原で寝込んでいることを知った。見回すと、俺のそばに三人の男が眠っている。腕時計は午前七時過ぎを指していた。

　そして俺は、昨日からのできごとのすべてを思い出した。俺たちは、まだ逮捕される危険のただ中にいる。

　俺は水辺に手を差し出して、顔を洗い、口をすすいだ。ポケットにあったコッペパンの切れっ端を口に押し込み、一口ばかりの牛乳で一気に、胃の中に流し込んだ。すると体は、正直に反応した。腹の中に熱が生まれたように動き出したのが分かった。頭の中の血液が希薄になったのだろうか。少し、ボーッとした感じだ。

でも、のんびりしていてはいけない。俺は河原から上の道へ出て、地図を取り出し、周辺の地形と照合した。俺の現在位置は畔荷田《くろにた》だ。昨夜の行動は予定通りに進行している。後は武蔵五日市駅まで歩くことだ。距離は約四キロ。一時間余で到着できるだろう。難関は、駅に警察官が張り込んでいるかどうかだ。

俺は考えた。俺たちが、山村工作隊員であることを証明するようなブツを持っていたり、言動をしなければ、俺たちは逮捕されることはないだろう。あの駐在所の妻女は、大勢の隊員の顔を記憶しているはずがない。よし、そうすればいい。

俺は河原に戻った。もう三人も眼をさましていた。

「キャップさんよ、これからどうする」

豊島が不安げに聞いてきた。

「みんな、ビラだとかパンフレットだとか持っていないか。あったら出しな」

みんなリュックサックや上着から、書類を取り出した。

「それをできるだけ細かく破いて、川に流すんだ。身分証明書だとか学生証もだ」

林が小さい声で、

「学生証なくしたら、学生じゃなくなるが……」

「学校へ戻って再交付してもらいな」

どうやらみんなは、なぜ俺が、そうしたことを言っているかは理解したようだ。実に細かく破いて川面に投げた。

「さて、同志豊島、あんたの大事な火炎瓶だがどうしよう」

「持って帰っちゃまずいかな」

「それを持ってて、警察官に職務質問されたらどうなる」

「そりゃあ……」

俺は命令した。

「まず、すぐそばの橋の下で、一発投げてみな。それがみごとに火を噴いて爆発するかどうかを確かめるんだ。もし火を噴くなら、大事な武器だから、俺たちと別れて、単独でそれを持って行けよ」

俺はすぐに橋の下に行く。みんなついて来た。

「あの岩に投げてみなよ」

豊島がウイスキーのポケット瓶を握り、大きなモーションをつけて投げた。グチャッと音がして瓶は割れ、ガラスは飛び散った。岩肌に、ほんの少しの液体が付着している。何事も起こらない。それだけのことだった。

豊島の呆然としたうつろな顔。

「同志豊島、残りの一本、使うかい」

豊島は力無く首を振った。

「じゃあ、瓶の栓をあけて、中身の液体は川に流しな。少しばかりだから害にはならないだろう。瓶はそこらの石の下にでも埋めておくといい」

豊島はおとなしく作業を終えた。そして、

「キャップさん、俺はもう武器もない。まっすぐトンズラする。命令通り何でもするよ」

「じゃあ、駅へ行く。俺たちは、池袋のドヤ街に暮らすニコヨンの仲間。もし、職務質問にあっても、さからったりしない。駅で無事に電車に乗れれば、東京へ帰れる」

三人はうなずいた。駅までは檜原街道をひたすら行けばよい。

十里木《じゅうりぎ》、西戸倉《にしとくら》、本郷の集落を過ぎると、五日市の町中へ入った。通りに面して饅頭屋があった。酒饅頭一個十円だ。俺はためらわず店に入り、店のおばさんに声をかけた。

「十六個下さい」

おばさんが後ろ向きに饅頭を包んでいる隙に、俺は靴下の中の金を取り出した。俺はみんなにコッペパンを分けなかったので後ろめたかったし、つかのまのキャップだとはいえ、部下の面倒はみなければと思ったからだ。

「おばちゃん、ここで食べるよ」

店の中で包みを開けると、みんな両手に饅頭をつかんで、口に頬ばった。誰も口を利かない。あっという間に、二度目の両手が伸びると、饅頭は消えた。

「おばちゃん、これはうまいよ」

「そうかい、そう言ってくれると嬉しいよ。おや、それじゃ、お茶でも淹れて上げるから」

酒饅頭は利いた。三人の足取りが軽くなった。少し先に赤いランプが見える。交番だ。

俺はみんなと歩調を合わせ、声を張り上げて歌った。

白樺のこの径は　思い出のさみし径
雨に濡れ風に揺れ　白い花が咲いていた
あの人は　あの人は……

横目に見ると、交番には人の良さそうな初老の巡査が、新聞を読んでいた。

この状況ならいけるぞ、駅に張り込みの警官はいないだろう。

通りはゆるやかな下り坂となり、すぐ左手の小高いところに、小さな古びた駅舎があった。それらしい私服の人物も制服の警察官もいない。

「高田馬場願います」

窓口には、俺と同年配の駅員がいた。俺の顔を見ることもなく無愛想に答えた。

「七十五円」

俺は切符を手にして、ホッとした。山へ入った時より、二十五円安くなっている。俺は歩いたのだ、二十五円だけ。東京に近くなっている。嬉しかった。しかしその嬉しさは、俺が逃亡者になりきっていることに通じていた。

俺はハイキング帰りの若者をよそおっていなければならない。

電車が来るまでの二十分は長かった。

午前十時前、二両編成の電車に乗り込む。単線の線路を電車はのんびりと走る。拝島駅で青梅線に乗り換えた。俺たちはようやく、群衆の中の一人になれた。それから立川駅で中央線の上り電車に乗車。座席に坐れた。すぐに頭の中がかすんできた。俺が目覚めたのは、新宿のすぐ手前の大久保駅を発車した時だ。すぐに新宿。俺たちは、

「じゃあ元気で。さよなら」

それだけで別れた。もうみんなとは、二度と会うことはないだろう。二度と山に出かけることもないだろう。

第十三章　『オネーギン』

俺は高田馬場から大学をめざして歩いた。見慣れた大隈講堂だが、仰ぎ見ると涙が止まらなかった。昼前だ。俺は一目散に鶴巻食堂に駆け込んだ。

「二食、みそ汁、アジの開き、それと目玉焼き願います」

俺はひたむきに食べた。できるかぎり早く咀嚼しようと努力する。でも、食べ物を噛みしめていたのでは、まだるっこい。みそ汁で頬ばった飯を流し込み、すかさずにアジに箸を伸ばした。腹の中が温かくなっていく。ようやく、人心地ついて来た。腹が張る。俺はベルトの穴を二つゆるめた。

逮捕されなかった俺は、依然としてこの大学の学生だ。大学には学生がいる。俺はみんなと同じような学生でいたい。山での二昼夜、俺は一体何だったのだろう。俺が活動を続ける限り、自分が自分でなくなってしまう。どうすればいいのか。

俺は一休みしたかった。そこで、図書館に入った。読書ホールの中は快適だ。机にうつぶせになると、すぐに閉じた瞼が、とろけはじめた。

眼が開いた。何もかもがぼやけて焦点が定まらない。俺は今、何をしているのだろう。顔を上げると、高い丸天井があった。机の左右に仕切りがある。学生が坐っている。腕時計の針は、午後二時前を指している。ようやく状況がのみこめてきた。ここは暖かい大学図書館の読書室だ。机の上には、借り出した図書が脇に押しやられていた。図書館に入り、一時間ほど、机にうつぶして眠っていたようだ。気分がしゃんとしてくると、居眠りをしていた自分が気恥ずかしかった。

　俺は顔を洗い、外へ出た。何歩か歩いて、右手の大隈講堂に眼をやると、こちらへ歩いて来るバレンチーナ先生と視線があった。

　先生はサンクトペテルブルグの富裕な貴族の家庭に生まれ、帝室美術アカデミーで美術を学んだ。一九二二年、先に来日していたピアニストの妹を頼って、母と共に来日、早稲田大学文学部ロシア文学科の講師となった。六十五歳になった先生は、健康で元気だ。自宅で絵筆を執り、キャンバスに向かっているという。先生は、わがロシア文学科の至宝と言ってもいい。二十年近く、ロシア文学科の学生は、先生を通じてナマのロシア語に接し、ロシア語の美しさと魅力を教えられてきたのだから。

　目の前に小柄な先生は近づいた。茶色のオーバーの襟元から赤いマフラーをのぞかせている。俺は慌てて一礼した。

「今日は《ドーブルイ・デーニ》。耕平さん」

　先生は微笑している。俺も、

「今日は、バレンチーナ・ドミートリエブナ」

　と返事をしてすぐに、

「きょうは風が冷たいすね」

英語に切り替えた。ロシア語で応答したら、悲惨なことになる。俺のロシア語の学力は、まるでないのだ。英語に逃げ込まなくては。先生は笑った。

「あなたは、私がロシア語の教師であることを忘れたのですか」

先生は優しい。ちゃんと英語で応じてくれた。

「いつの日にか、先生とロシア語で話せるようにしたいと思っています」

「いいわ、約束したわ。ところで、きょうは最初の授業です。あなた、授業に出るんでしょ」

「もちろんです」

思いがけない展開になってしまった。俺は先生の「ロシア文学演習」が、これからはじまることをすっかり忘れていたのだが。

俺は先生の少し後ろに従った。

十数人の学友が教室にはいた。俺は窓際の一番後ろの席に坐る。先生は教室に入るとオーバーを脱いだ。薄茶色のスモックに、スカート姿で教壇に立った。

授業は、『エブゲーニイ・オネーギン』を一年がかりで講読するのだ。

この作品は言うまでもなく、ロシアの国民詩人アレクサンドル・プーシキンの代表作だ。八章から成り、原文はソネット、つまり十四行を一連とする詩の形式で構成された長編小説だ。このため韻文小説と言われる。この物語のあらましは、次のようなものだ。

＊

オネーギンはペテルブルグに住む遊蕩児だ。伯父の死によって遺産を相続し、領地の田舎で暮らしはじめる。

その近くに住む地主の娘タチヤーナは、オネーギンに愛を求めるが、オネーギンはすげなく振る舞う。オネーギンは、タチヤーナの妹と婚約している友人のドイツ帰りのレンスキーと決闘して村から去った。

数年してオネーギンは、公爵夫人として社交界の花形となっているタチヤーナに再会。オネーギンは、その美しさと魅力にとりつかれる。しかし、タチヤーナは、過ぎ去った愛を思い起こしながらも、今は人妻として生きて行くと別れを告げた。

＊

主人公・オネーギンは、十九世紀ロシアの貴族知識人の一人だ。農奴制ロシアの特権階級である貴族として生きている。ヨーロッパの知識を受け入れているため、ロシア社会の後進性と矛盾に対して批判的である。しかし、それらをどうすれば良いかの方策・実行力はない。自らの出自と才知に優越を抱いているが、言行は一致しない社会のはみ出し者だ。オネーギンは、ロシア文学に現れた最初の「余計者」だといわれる。

先生は黒板に詩句をすらすら書いた。左手にテキストを持っているのだが、それを見るのは確認のためだけのようだ。

詩句を書き終えたバレンチーナ先生は、俺たちの方を向き朗読しはじめた。

Гонимы вешними лучами,
С окрестных гор уже снега
Сбежали мутными ручьями
На потоплённые луга.
Улыбкой ясно природа
Сквозь сон встречает уторо года;
Синея блещут небеса.
Ещё прозрачные, леса
Как будто пухом зеленеют.
Пчела за данью полевой
Летит из кельи восковой.
Долины сохнут, и пестреют;
Стада шумят, и соловей

Уж пел в безмолвии ночей.

先生の声は高くはない。アルトだ。低いがハリがある。正確に発音される単語、言葉の強弱・抑揚。美しいロシア語が紡ぎ出される。

俺はうっとりとして聞き惚れる。とはいえ、この詩句を理解したのではない。

先生はこの詩がどれほど、音楽的な構成であるかを語っている。たとえば、一行目と三行目、二行目と四行目の末尾の音節が一致している、つまり脚韻を踏んでいるのだと説明する。

そのことは、先生の朗読で少しは感じていたことだ。

先生の朗読を聞いた今は、原語と日本語の間の隔たりをつくづくと感じる。原語の骨格となっている韻律の味わいを日本語に置き換えることは不能だからだ。

俺は先生の「語り」に触発された。

そこをなんとかならないものだろうか。

俺はそこで空想する。正確には妄想すると言った方がいい。俺は浄瑠璃にしてみたらどうだろうと思うのだ。言葉と語調を浄瑠璃になじむものにして、「語り物」に仕上げると、訳文次第では、意外と楽しいかも知れないと思う。浄瑠璃はこの作品の受け皿としてふさわしい。こんなことを口にすると、黙殺されるか、嘲笑されるだけだろう。

先生は、俺たちにそろって朗読するように言われた。

先生が両手を打って拍子を取るのに合わせて俺たちは口を開いた。

ゴーニムィ　ベシュニーミ　ルチャーミ
ス　オクレストニフ　ゴル　ウジェー　スニェーガ……

先生は教壇を下り、俺たちのそばで耳をすましている。俺たちの発音を確かめているのだ。

先生が俺の顔を見て、首を横に振った。先生は俺のノートをのぞいて、四行目を指した。

「ここを読んでみて」

「ナ　ポトプリョンヌィエ　ルガー」

「それは違います。それは英文字で書けば、POTPLIENNIE」

「ポトプリョンヌィ……」

「まだ正確じゃない。それでは八行目のこれを読んで」

「プロズラーチヌィエ」

「そうじゃないの。PROZRACHNNIE」

「プロズラーチヌィエ」

先生は俺の口元を凝視していた。そしてうなずいた。

「耕平さん、口を開いて」

先生は右の親指と中指で丸を作り、俺の舌の下に差し込んだ。

俺は全く虚を突かれた。先生の指から、白墨の味がした。

笑いをこらえながら俺を見ている学友の顔々。頭に血が上って、恥ずかしくなった。

先生は真剣な顔つきだ。左の掌で拳を作り、指をぱっと開いて見せる。

俺は口を開けたままだ。舌を丸めて、上口蓋につけてLと発音する。

「そうそう、その調子。次をやって」

俺は同じようにして、深く舌を丸めてRを発音する。

「いいでしょう。ようやく良い発音になったわよ」

先生は、ニコッとして俺の口の中から指を抜いた。

それから俺は声を張り上げて、詩句を朗読した。声に出してみると、語の強弱の中に、詩の韻律が躍動していることが、良く理解できた。なぜか、俺は嬉しかった。先生は、ロシア語の語感を口の中に植え付けてくれた。先生の指にロシア語を感じたせいだ。そして、母の乳房をしゃぶっていた時のような思いがした。

「先生、きっといつかは、ロシア語が話せるようになってみせます」

この日の夜、俺はこの部分だけでも、なんとか日本語にしてみようと思った。言いようのない疲労感と虚脱感があったけれど、少しの翻訳をすることで俺自身が学生であることを確かめたかった。辞書を手にすると、その手応えが、俺を触発した。

机に向かっていると、深い闇の中で、小さな灯火が風に揺れているように思える。この灯りを消してはいけない。俺はそう思った。俺の中に、俺なりの詞藻が湧いてきた。これはロシア語の学力の問題ではない。俺の情念をこの詩に賭けよう。俺は詩句に集中した。こうして、辞書と首っ引きで自己流に試みてみたのが次のものだ。

春の陽に雪が追われて
あたりの山々から
濁流になって
水浸しの牧草地に流れ下る
自然は爽やかに微笑み

夢うつつに一年の朝を迎える
天空は青く輝き
まだ澄んで見える森は
まるで産毛のように緑に転じる
ミツバチは野原の贈り物をめざし
蜜の小部屋から飛び立つ
渓谷は乾き色とりどりになる
家畜の群はざわめき　ウグイスは
はやばやと静かな夜に歌う

第十四章　大竹の悔恨

俺は早稲田文庫で大竹と向かい合っていた。

「……新聞、ふつうの新聞で、日本共産党は武装蜂起する準備をしているという記事をみたことがあるが、そうなのかい」

「日本における革命の条件は、整いつつあると、聞いてるよ」

「君はこの軍事組織に関係しているのか」

「ちょっとだけ」

「君が志願したのかい」

「言われて関係した。関係したって言うのは、過去形だぜ」

「話が飛ぶが、石丸の姿が、このところ見えない。これと関係あるのか」

「うん、あいつは……」

と言いかけて、俺は慌てて口をつぐんだ。

「どうしたんだ。話せよ。俺はお喋りじゃない」

「小河内村で山村工作隊員として逮捕された。青梅警察署から警視庁に身柄を移されている。取り調べに完全黙秘を続けて頑張っているので、差し入れもできないという話だ」

「石丸は、武力闘争に反対だと言っていたのにな」

「あいつは、党に戻ったんだよ」

「俺が新聞を読んだり、人の噂を聞いたりした範囲で知っているだけでも、奇妙な事件が続発してるじゃないか。たとえば、一月二十一日、札幌市で白鳥一雄警部が帰宅途中、後ろから来た自転車に乗った男に拳銃で射殺されている。共産党は、この事件は愛国者の英雄的行為だと声明している」

俺はうなずくだけだ。まさに、小河内村での俺の体験も、そのようなものだった。

「俺が思うには、ほとんどの日本人は、アメリカ占領軍と再び武力で戦うなぞとは考えてはいない。共産党の軍事活動によって、少しでも利益を得るのは、アメリカと戦っている北朝鮮しかないだろ。君はそのために、戦うのか」

「いや……」

「ところで、この軍事組織というか、中核自衛隊は、どれぐらいの規模か知ってるかい」

「小耳に挟んだところでは、全国に五百隊、約一万人が参加しているとか……」

大竹は笑った。

「今度の戦争で、日本は死にものぐるいで戦った。しかし、圧倒的なアメリカの物量の前には、歯が立たなかったじゃないか。この共産党の方針は、狂気の上に組み立てられているぜ」

大竹は、ふだんの大竹ではない。怒っている。それは俺にではない。それは何だろう。

しかし、大竹の眼が弱々しく瞬いた。そして、

「お互いに友だちだもんな。いつか話すと言った俺の体験を聞いてくれるか」

その時、数人の学生が一団となって、文庫に入ってきた。大竹は眼をそらさずに語り出した。

「俺があのレッドパージ反対闘争で、大学本部に学友と入り込んでいたのは、一昨年の十月十七日だった。その時、俺は二階にいた。警察官が俺たちを排除し、逮捕しにかかったとき、多くの学友は、窓のそばのイチョウの枝につかまって下りて逃げた。早く逃げろよと、仲間にせき立てられたが、俺は逃げられなかった。幼年学校の生徒の頃、教官から、退却は逃げること、それは軍人として卑怯なことだぞと、教えられていたからだ。結局、ぐずぐずしていて逮捕された。手錠をかけられ、竹芝桟橋のそばにある水上警察署の留置場に放り込まれた。その時になって、逃げられるのに、逃げなかったことを後悔したけれど遅かった。留置場では、思想犯の学生と言われて、中にいる連中に親切にされたな。聞こえてくる波の音、わずかに吹き込んでくる潮風があった。警察での取り調べに、俺は何でも答えた。隠すことは何もなかったからさ。ついで、検事の取り調べがあった。俺の生い立ちについて質問された。幼年学校のことを口にしたら、『貴様は俺の後輩だったのか』と親しみを見せてくれた。そして、その幼年学校の先輩だという検事は、笑顔で『付和雷同』で不起訴にしようと言ってくれた」

「付和雷同っていやあ、何の考えもなく尻馬に乗るってことじゃないか」

「それは先輩の情けだったんだ。二週間足らずの留置場生活から釈放され、大学に戻った。すぐに文学部長に呼ばれて、除籍処分にすると申し渡された」

「でも半年あまりで復学できたじゃないか」

「川崎文学部長は、俺に除籍処分のことを告げた後、こう言った。君が今回のことを反省し、復学する意思があるなら、週に一度、所感を書いて僕の所へ顔を出しなさい。それを見て、君の反省を十分に汲み取れたなら、復学について考慮しよう」

大竹は、そこで一息入れた。

「俺は留置場にいた時、『十七番』と呼ばれていた。留置人は、誰も番号で呼ばれる。俺は番号で呼ばれる俺ではなく、大竹郁郎である俺を取り戻したかった。そして大学へ戻りたかった。だから、お願いしますと、文学部長に頭を下げた」

「君は、それからその所感を書いたんだな」

「俺は、机に向かって原稿用紙を広げた。そして書こうとした。ところが、俺は何を書かなければ良いかが分からなかった」

「それは変だぜ。学校へ戻るために、反省していることを書けばいいんじゃないか」

「俺も君と同じことを考えた。そこで、頭に浮かんでくる反省と遺憾を表す言葉を並べて、二、三枚の文章を書き上げた。そして、俺は学部長室に行って提出した。川崎さんは椅子から立ち上がり、それを受け取ってひょいと眺めると、黙って突き返した。椅子に坐りなおし、右手を軽く振った。用は済んだ。帰れと言う仕種だった」

大竹は低声でよどみなく話し続ける。

「川崎さんは英文学者であり作家の一人でもある。それだのに、学生に対して傲慢だな」

「俺も屈辱を感じた。打ちのめされて家に戻り、原稿用紙に向かった。俺は、学則に違反し、大学の秩序を乱して申し訳ないと、言葉を選んで書き直した」

「川崎さんは、どうだった」

「全く最初と同じ応対だった。そして三度目には、こう言われた。『君は稚拙な、始末書、顛末書、わび証文』を書けば良いと思ってるのか。そう言われておしまいだった」

「冷淡な応対だな」

「君の言うように、俺は川崎さんの態度に反発した。端的に言えば、憎悪というか敵愾心のようなものを感じたというべきだった。しかし、あの人は、俺の復学についての権限を握っている。口惜しいけれど、何か書かなきゃならない。夢中で書いた。そして……」

　聞いている俺がじれてきた。

「うまくいったのか」

「川崎さんは、すぐには突き返さなかった。さっと見終わると、何ですかこれは。君は自分の弱さを誇張し、憐れみを乞うているというか、私に媚びているようだ。私は文学者だ。警察官でも検事でもない。どうしてこんな文章を書くのかね。僕は文学部の学生である君に所感を書けと言ったんだよ。始末書や今度の私小説じみた告白を書けと言ったんじゃない」

「ふうん、ごめんなさいって言えば良いという話じゃないんだ」

「それから数回、同じようなことが繰り返された。そして気づいた。俺自身を書けばいいんだということをさ。最初、俺は始末書を意図して書いた。突き返されて、俺は語彙を変え、表現に工夫した。

でもそれは、簡単に言えば、自分が悪かった、誤っていた、許して下さい、ごめんなさいと、書いていただけだった。川崎さんが、わざわざ、私は文学者だといい、文学部の学生である君にと言った時、何をどのように書けば良いかが示唆されているかに気づくべきだった。それから、俺は机に向かい直した」

俺は先を促した。

「それで」

「俺は、レッドパージになぜ、反対しようかと思うに至った心情から書き出した。あの時、逃げてさえいれば良かったのに、逃げることを潔しとしなかった、俺の中に今も抜けきってはいない軍人の情念も書いた。手錠をかけられ、バスで検察庁に取り調べに護送される道筋で、俺は自分自身のそれまでの確信が揺らいだことも告白した。原稿を突き返されて、どれほど、口惜しかったかも述べた。書き終えて、俺はやはり学生なんだと感じた」

「それを持って、川崎さんに提出したんだよな」

大竹は、うなずいた。

「川崎さんは、『ようやく君と君の姿が見えてきたよ。早稲田の文学部の学生らしい文章になってきているよ。これでおしまいにしよう。僕も君の復学を喜んで認められる』と言った。俺は川崎さんが、俺に何を求めていたかが、この時、はじめて理解できた」

「俺は川崎さんの授業も聞いたことがないし、話したこともない。いつも、難しげな顔をしている人だと思っていたけど、冴えてるな」

「そして、川崎さんは、穏やかな表情で話してくれた。『僕は君が、自己の内部を見つめるのを否定するつもりはない。だが人間を見つめるのに、私小説的な方法ばかりではないと言いたい。文学には虚実を織り交ぜて真実を紡ぎ出す作法もある。むしろ、その方法による作品の方が、奥行きのあるものになっているとも言える。文学は言語による、人間表現の方法として、多くの可能性を秘めた卓抜な芸術なんだよ』。川崎さんは、あたかも俺が学友であるかのような雰囲気で話してくれた。気がついたら、俺の前に秘書の女の子が紅茶を持ってきてくれていた」

「大竹、良かったなあ。たった一人で、文学指導をしてもらったんだ」

「率直に言って嬉しかった。復学できる見通しが立ったんだ。そして、モノを書くということの基本を肌で知ることができたからだ。俺は涙をぬぐった」

「うらやましい光景だよな」

「うん。川崎さんは、俺に『君は飲めるか』と聞いた。少しは飲めますと答えると、『今夜は飲もう。夕刻、新宿の紀伊国屋書店で待ち合わせよう』と言った。俺は早めに出かけて待っていると、川崎先生は、俺をつれてコマ劇場の近くの確か『よしみ』って言ったかな。ともかくこぢんまりした飲み屋へ入った」

俺は細身で長身の川崎さんが、図体の大きい大竹を従え、新宿の町を歩いている姿を思い描いて楽しかった。

「店にはいると女将があら先生、今晩はと、すぐに熱燗を二本置いた。カウンターに陣取った先生に盃を持つように言われ、並んで坐った俺は、一気に飲み干した。その一杯で俺は緊張がほどけた。先生は、女将ととりとめのない世間話に興じておられ、俺の前には、二本三本と銚子が並んでいた。そして先生が、思い出したように俺に視線を転じた」

「何か言われたな」

「先生はこう言った。『僕は今度の事件では、非常に激した。まず第一は、事の理由は何であれ、文学部の学生が制止を振り切って大学本部に押し入ったことだ。俺はうなずいた。第二はですよ。君たち学生は、良心的・進歩的教授の追放反対を叫んでレッドパージ反対を叫んでいた。大学がこの追放について、協議したり、会議したりしていたのなら、事の善し悪しはともかくとして、レッドパージ反対運動が盛り上がるのは理解できる。しかし……』そこまで言って先生は絶句した。俺は、先生、しかし何だったのですかと、問いただした。ちょっと間を置いて先生は言った。『僕の知る限り、少なくとも文学部の教授会で、そのようなことが議題とされたことは一度もない。また、大学の理事会でも話題になったとは聞いていない。だのにだよ、なぜ、あんな闘争が展開されたのか。それは虚妄による扇動じゃないか。僕の中には、その扇動者に対する激しい怒りが湧いていた』先生は、そのことを一気に話すと、静かに酒を含んだ。黙って女将の酌を受けていた」

「大竹、間違いなく川崎さんは、そう言ったのか」

俺は息をのんだ。レッドパージは、学生が闘争し、除籍を含む多くの学生処分を受けた結果、阻止できたと、俺は信じてきた。大竹は、まるで異なることを口にしたのだ。

「川崎さんは、それきり、二度とそのことを口にしなかった。酔いが回りかかっていた俺にも、そのことの重さは理解できた。俺はそのことについて、何も言えなかった。確かめる質問もできなかった。

俺自身は、足元から何かが崩れて行くようだった。俺はコップに酒を注ぎ、一気に飲んだ。そこまでは憶えている。気がついたら、家で寝ていた」

俺に言葉の接ぎ穂はなかった。

第十五章　ビラ撒き・売血

俺は小河内村から逃げ帰って来て以後、「平和と独立」の配布から解放された。

俺が「平独」を読んで、何を感じて、どんな思いで運搬していたか、小河内で何があり、俺が何をしたかは、誰にも話したことはない。俺の中には、抜きがたく党の武装闘争へ対する不信がある。にもかかわらず、言われたことはやってきた。そのことに、どれほどの意義があるのかと思う。

これに反して、毎日の稽古は楽しい。俺は、医師・マチェクの役に没入しようと打ち込んでいる。ソ連軍将校に心を奪われた婚約者の愛を引き戻そうとするマチェクに、俺はなりきろうと努力している。

四月十六日、俺が早稲田文庫に置いてあったカバンを抱えて学内に入ると、文学部前のベンチに林田が坐っているのが眼についた。俺は嫌な予感がした。この男は、いつも任務というか、指令を俺に与えて行く。避けるに限ると、回れ右して、姿をくらまそうとしたとたん、林田の視線が俺をとらえていた。

「同志、話があるんだ。坐ってよ」

俺は挨拶もしないで、林田の隣に坐った。林田は、俺には顔を向けず、独り言を言うように、

「当面の重点工作目標は、市ヶ谷の大日本印刷なんだ。人手が足りない。相当数の活動家が、地下に潜って、つまり非公然活動を展開しているのでさ。同志、ここに、ガリ版印刷の道具一式とざら紙が入ってる。原稿もガリ版の原紙に書いてあるから、それを印刷して、朝、出勤してくる労働者に配布して欲しいんだ」

俺はムッとした。

あの小河内村から戻って十日、もう、身の危険をさらす仕事はしたくない。またやるのか。まだやるのか。冗談じゃない。なぜそれを俺がやらなければいけないのか。他の同志は何をしているのだろう。明らかに細胞の中には、序列がある。そして考課が行われている。任務の割り当ては、それに基づいているのではないのか。

次々に俺に任務を持ち込んでくるのは、俺が優秀な党員ではなく、どうでも良い、そして、どうなっても党の打撃にはならないからではないのか。つまり、俺は使い捨ての便利屋なのではなかろうか。もし、逮捕されて身元が割れたら、俺の将来はなくなる。俺は返事を渋った。

「……」

でも、いつもそうであるように、林田は、俺の答えも聞かずに立ち上がった。

ベンチの脇に布製のカバンが一つ、取り残されている。結構な大きさだ。

俺は黙っていることで、やる気のないことを表現したつもりだったが、まるでそれは不発だった。

林田は、新宿地区委員会労働者対策常任委員、つまり、党の上級者として俺に指令したのだ。党の上

級機関の決定・指令に、下級機関の党員は従う、これが党内民主主義の鉄則とされているからだ。

林田の指令を拒否できない俺、それが何ともやりきれない。俺はビラ作りにどこかないかと考える。ふと、石土が最近は、市ヶ谷の高校で週に何度かは、宿直警備員をやっていることを思い出した。そこで作業をやらせてもらおうと決めた。

その日の稽古が終わった時、劇団の仲間にビラ撒きを手伝ってくれないかと呼びかけた。すぐに男女六人が手を挙げてくれた。

学生食堂で夕食をとりながら、道順を考えた。奇妙なカバンを提げているだけでも、警察官に職務質問されるおそれは十分にある。目立たぬように、大隈講堂の横から鶴巻町を過ぎ、榎町から牛込天神町、矢来町へ入る一・五キロの順路が安全だ。夏目坂から牛込へ抜けると、早稲田警察署の近くを通ることになる。

夜空に半月がおぼろにかすんでいた。俺は途中できるだけ小径に入り込んで、めざす市ヶ谷商業高校にたどり着いた。

石土は用務員の宿直室で本を読んでいた。

「石土さん、今晩泊めてよ。それからビラ作りもしたいんだ」

「きっとそれは、危険なビラなんだろ、それじゃ十時過ぎからはじめるといい。定時制の生徒や教師が帰ってしまうから」

俺は暇つぶしに、ガリ版の原紙に刻まれているビラの内容文に眼を通す。

大日本印刷の労働者のみなさんに訴える

反動的な米帝と吉田政府は、世界平和の先頭に立つソ同盟、中国の反対にもかかわらず、米国を中心とした資本主義国とのみの単独講和条約の締結を強行した。真の独立と平和は、ソ同盟、中国をはじめとする社会主義諸国の参加によってはじめて実現するのである。われわれは、単独講和のギマンを粉砕し、全面講和をかちとる斗いをくり広げよう。

また、米日反動による、職場での労働者に対する職制の抑圧は凶暴さを増している。米軍の特別軍需工場に指定されている大日本印刷では、特殊印刷物として航空機から投下される北朝鮮の人民向けの宣伝ビラが印刷されている。平和を求める労働者は、侵略者米帝の軍事作戦に協力してはならない。われわれは、職場に抵抗自衛組織・中核自衛隊を組織して実力で反対斗争を展開しよう。

米帝と吉田の支配に反対しよう
職場に抵抗自衛組織・中核自衛隊を組織しよう
単独講和のギマンを粉砕し全面講和をかちとろう

新宿地区祖国防衛戦線
新宿地区民族解放戦線

書かれているのは、決まり切った文句の羅列だ。ビラを撒く対象は、林田も大日本印刷の労働者だと言っていた。このビラは、アメリカ占領軍を侵略者ときめつけている。だから、占領目的違反となることは明らかだ。日本が独立を回復する、つまり、講和条約が発効するのは、この四月二十八日だ。その日から、あの占領目的阻害行為処罰令、つまり政令第三二五号は無効になるのだろうか。しかし、林田がもっともらしい顔つきをしていたことから察すると、安全であるという保証はないだろう。特に俺に持ってきた仕事なのだから、むしろ危険だと考えるべきだ。

ところで、このビラの発行元は何だ。日本共産党ではない。この二つの組織は、実在するのか。きっと党の架空の組織名なのだろう。

ベルが鳴った。夜の授業が終わったのだ。石土は、懐中電灯をぶら下げ、校舎内の巡回に出かけた。そこで俺は作業をはじめる。印刷台の上部に丁番で固定された原紙枠がある。そこに原紙をセットする。印刷台にB４判の用紙をのせる。ローラーにインクをなじませてから原紙をなぞる。枠を持ち上げると、用紙に四枚分のビラが印刷されている。それを脇において、次の印刷をする。俺は右利きだから、右手にローラーを持ち、左手で印刷用紙を脇に置く。実に単純な作業だ。用紙は一包み、五百枚ある。刷り上げるのに一時間はかかった。次は、これをペーパーカッターで四片に裁断しなければならない。目見当で十枚ぐらいを一度に裁断する。これが結構な力仕事なのだ。こうして二千枚のビラが完成した。それを新聞紙でくるんで八包みとした。手が印刷インクで黒ずんでいる。俺は石けんできれいに洗い流した。もし、逮捕された時、掌や指にインクが染みついていたら、言い逃れはできないと思ったからだ。

巡回から帰ってきた石土は、一組の寝具を分けて、敷き布団を俺に使えと言った。俺はそれをひっかぶった。眠気がすぐに俺を包み込んだ。

翌朝六時半、目覚まし時計が鳴った。二人そろって起きる。石土は朝の巡回に出た。俺は八つの紙包みを風呂敷で包み、外に出る。市ヶ谷商業高校から大久保通りを横切って、大日本印刷の前を通り、十数分歩いて外堀通りへ出ると市ヶ谷駅は目の前だ。

俺は駅の売店で、牛乳とコッペパンを買う。冷たい牛乳に押し流されるように、堅くなったパンの切れ端が胃袋に落ちていった。

俺は気持ちの整理をしておかなければいけない。何かあれば、党員でもない他の連中に迷惑を及ぼしてはいけない。それには、どうすれば良いのだろう。

警察がやって来た時、まず、注意を俺に集めさせる。つまり、まずは俺が積極的に捕まることだ。しかし俺が実際に逮捕されたら俺が破滅する。それを回避するには、俺が現場に居合わせた第三者で、警察がビラ撒きの実行者だと誤認してしまったという筋書きになれば良いのだ。

俺は今、さいわいなことに俳優を演じようとしている。この現場で、どのような人物になれば良いのだろう。役に対する想像力と、それを実現する創造力が必要だ。

俺はイメージする。一人の若者、一人で生きている。定職はない。身元は不明。東京に流れて来た。断片的な連想の中から、すぐに日雇い労務者が浮かんできた。よし、それでいこうと決める。ビラ撒き現場の近くには、飯田橋の公共職業安定所もある。そこでは、正規の職業紹介の他に、民間の手配師と呼ばれる男がいて、土木関係の労務者の斡旋をしている。それに、新宿駅の南口付近の旭町はドヤ街と呼ばれる簡易宿泊所が群がっている。百円で二段ベッドに一泊できる。

　こうして、まさかの時に演じる俺の姿と筋書きが鮮明になった。俺は大阪から流れてきた日雇い労働者。旭町のドヤ街に仮住まいしている。正規の就労手帳はない。だから公共職業安定所の紹介は受けられない。民間の手配師の世話になるしかない。俺は子どもの頃、一時、大阪にいたことがあるから、大阪弁らしく話すことはできる。

　俺は頭の中に、このイメージをしっかりと焼き付けた。後は、俺の意識を役に集中し、ある俺の肉体でどこまで表現するかだ。

　午前七時過ぎ、改札口から、

「おはよう、ビラ撒きって、スリルがあるわね」

　無邪気な笑顔で現れたのは、小柄な川上孝子、仏文科の北山と同級、福岡の出だ。男勝りの性格で興味が湧くと一途に打ち込む。

「おはようございます」

　芸術科の新入生、松田輝也だ。

「あれ、君は電車で来なかったの」

「ええ、僕の家は、ここから歩いてそう遠くない所なんです」

　松田は、東京の麻布高校の出身だ。演劇に関わる多くの先輩がいたこともあって、演出家を志望しており、脚本も手がけていたという。あまり、無駄口をきかない。思慮深い書斎派の印象を受ける。

「遅くなったかな、おはよう。革命ですね、きょうは頑張ります」

　いきなり、張り切った挨拶をしてきたのは、これも芸術科の津島保雄だ。いつも刺激を求めている。

党員ではない。しかし、党員以上に、発言は過激だ。自らの言葉に酔う。

次々と仲間が集まった。

俺はみんなに、一つずつ紙包みと一人あたり四個の指サックも渡した。左右の親指と人差し指に、指サックをして、迅速にビラ撒きができるようにするためだ。

「僕が先頭に位置する。みんなは、そこから十メートルから二十メートル間隔で位置をとって、ビラを撒いて欲しい。警察に逮捕される危険性もある。何か異変があったら、俺が口笛を吹き、手を挙げる。そうしたら、みんな紙包みを道の端に投げ捨て、指サックを外して、逃げて欲しい。場合によると、僕が君たちのところへ、逃げろと知らせることもある」

仲間の顔に緊張が走った。

「じゃあ、行こう」

俺たちは一団となって歩き出す。市ヶ谷駅から、外堀にかかる市ヶ谷橋から外堀通りを渡る。すぐ右手に市ヶ谷外食券食堂の看板が見える。そこから左内坂《さないざか》の上りだ。坂を上って約二百五十メートル、大蔵省印刷庁の塀に沿って右に曲がると、今度は下り坂となって大日本印刷の入り口に通じている。

ビラを撒くのは坂の上。次々と坂を上ってくるのは、ほとんどが大日本印刷の労働者だ。

誰もが遅刻しないようにと急ぎ足だ。

俺が先頭に立ち、

「おはようございます」

声をかける。

無表情な顔。

なじるような顔。

俺はその手を取り、握らせるようにしてビラを渡す。

しばらくすると、人の流れがまばらになった。始業時間の八時十五分になっている。

道には俺たちだけが取り残されていた。

「お疲れさま。無事で良かった。明日も頼むね」

仲間はそろって、市ヶ谷駅へと向かう。


その明くる日、俺たちがビラを撒きはじめてから数分後、遠くからうなり立てるようなサイレンの音が聞こえた。神楽坂警察署からの車にちがいない。俺は仲間に叫んだ。

「ビラ撒きを止めるんだ。残りのビラは、印刷庁の中に投げ込んで。みんなバラバラにちらばって。走っちゃだめだぞ」

俺は通勤者の流れに加わった。すぐにサイレンを鳴らしながら、緑色の小型トラックに数人の警察官が乗り込んで俺の横を走り抜け、大日本印刷の正門をめざしていた。俺は中根坂を下り、何食わぬ顔で、市ヶ谷駅にたどり着いた。そこには、三人の仲間が興奮気味に立っていた。

「はじめて、警官に追っかけられてびっくりしちゃった」

「早く逃げれば大丈夫だよ。じゃあ、明日もね。俺も後から稽古場に行く」

三日目も前日と同じような状況が繰り返された。

そして四日目。

俺たちは、左内坂を上って、定位置についた。

七時半過ぎ、いつものように、通勤の人波が坂を上がってくる。ビラ撒きをはじめた。

そのとたんに、サイレンが聞こえた。その音が二重に重なっている。トラックは一台じゃないのだ。警察も本気なのだ。

俺は叫んだ。

「みんな、すぐ逃げろ」

仲間が紙包みを放り投げている。それは印刷庁の塀にあたり、そばの生け垣の上に散乱した。

仲間は通勤者の群れに埋没して、流れるように歩きはじめている。よし、これらな無事に逃げられるだろう。

俺も逃げようとした。しかし、待てよと思う。俺は逃げるみんなの盾にならなくちゃ。

俺は向きを変えた。かねて頭に描いた演技プランでいくのだ。

警察のトラックが横を通り過ぎた。

俺は左内坂を走り下りる。坂の下には、警察のトラックが止まっていて、十数人の制服私服の警察官が群がっていた。俺は軽く走った。俳優勉強にと、走り込んでいたせいで、足取りは軽い。警察官を見ないようにして、丁字路の角を左折しようとした。

「おいっ、ちょっと待った」

二人の私服警官に両袖をつかまれた。一瞬、背筋に戦慄が走る。さあ本番だ。

「何すんねんな」

「お前がビラ撒きしてたのは分かってるんだ。ちょっと本署まで来てもらおう」

「ビラ撒きて、何のことや。勘違いせんどいて」

「お前が学生なのははっきりしてる」

「わいが学生やて。冗談もいい加減にしてんかいな」

制服警官の一人が、俺のポケットに手をいれて、所持品はないかと探索する。そして何もないと、身振りで私服警官に知らせた。私服警官が俺の袖から、手を離した。俺は腕組みする。

警察官とのやりとりがはじまると、俺は落ち着いてきた。顔面筋肉をはたらせなきゃ。

「それじゃ、お前は何者なんだ。どこから来たんだ。どこへ何しに行くんだ」

「わいは、日雇い労務者。いうたらプータローや。どこから言うたら、昨夜は新宿の旭町のドヤに寝てた。今から、飯田橋の職安に仕事探しに行くところや」

「それなら、どうして就労手帳がないんだ」

「あのな、就労手帳がなくても、仕事はできるんや」

「お前の名前は。家はどこなんだ」

俺は笑顔をつくる。ぐれた雰囲気で行こう。

「わいはヤサグレて家出たんや。わいにも親はいてる。名前言うたら親の恥や。そやから、今は、名無しのタローいうとこやな」

「おい、まじめに返事しろよ」

「わいはまじめな人間や。どうでもええけどな。わいは今、文無しや。職安で仕事にあぶれたら、きょうのメシは食えんのや。もうええやろ。時間ないんや」

私服警官は、互いに目配せを交わした。

「お前のようなのが、朝からこんな所でうろうろすると迷惑だぞ」

「いきなり人を引っ捕らえといて、迷惑はないやろ。迷惑したんは、こっちやがな。まあ、ええわ。ほな、さいなら」

どうやら、俺は演技をやりとげた。

そのまま、飯田橋をめざして走った。背中が汗ばんでいる。走った汗か、冷や汗なのか。職安前でその日の職を求める労務者の群れに溶け込んだ。そして注意深く、周辺を見回したが、監視されているような気配はなかった。

早稲田に戻る。誰も逮捕されてはいなかった。


この日も一日中稽古。稽古場の空気が濃密になってきている。

夕刻、林田がビラの原稿を持ってきたが、大日本印刷は危険だよと断った。

気がついたら、この日は四月二十七日、日本が占領下にある最後の日だったのだ。

夜、またまた、市ヶ谷商業高校に石土を訪ねる。石土はこのところ、連日、夜警を引き受けている。

「おかげさまで、ビラ撒きは終わった。とりあえず当面は芝居の公演。金が底をついてきてるんだ。何かないかなあ」

石土は俺を見つめた。つと、眉間にためらいの影がよぎったが、思い切った風に、

「すぐにでも欲しいのかい」

「後、一日二日で文無しになるよ」

「それじゃ、僕は君に勧めたくはないが、差し迫っているようだから話そう。あの、売血さ」

「バイケツ」

「そう、バイケツは売血さ。一本、一〇〇CCで八百円、二本で千六百円になる。やるかい」

自分の血液を売るのだと理解できた。思いもしなかった話だ。ギョッとする。とはいえ、他にあてがあるわけではない。

「しかたない、やる。それじゃ、面倒見てよ」

石土はうなずいた。

「分かった。それじゃ、明朝、一緒に行こう。俺もね、来年、大正大学大学院を卒業するのには、ぼつぼつ論文の執筆にかからなきゃならない。そうなると、アルバイトをやる時間がなくなる。そのために、月の半分は夜警をやったりしてるんだ」

翌朝、俺たちは山手線大塚駅に降りた。駅の南口から横町へ入り込むように歩いていく。

「〇〇血液研究所」「〇〇血液センター」といった看板が眼についた。

石土が立ち止まり、二階を指さした。

五階建ての雑居ビルに、「共済医学研究所」と袖看板が出ている。狭い急階段を上がる。二階のガラス戸を開けると、待合室なのだろうか、十数人の顔色のよくない男女がベンチに腰掛けていた。

「婦長さんよ、頼むから一本でいいからとってくれよ」

青黒い中年の男が、看護婦に媚びるように頼んでいる。

「あんたはダメ。採血のし過ぎで、比重が軽くなって使い物にならないのよ」

てんで、取り合ってはもらえない。

石土がその看護婦に話しかけた。看護婦はうなずき、石土は俺を手招きした。二人で、診察室とでもいうのだろうか、白いカーテンで仕切られ、幅の狭い黒色のベッドが置いてある空間に入る。看護婦が小さな台車を押してきた。

「あんた、はじめてね。一本、二本、どっちにするの」

俺は小声で、

「二本にします」

看護婦は、俺にベッドに横たわるように命じ、俺の左腕をつかんだ。静脈をこするようにしてから、台車の上に置いてあった注射器を取り上げて、腕に刺した。

静かに注射器のポンプを持ち上げる。血液が注射器に注入されて行く。その目盛りの上部に血液が充満すると、注射器は抜き去られた。そして、新たな注射器が刺し込まれた。二本目は、一本目より、血液の注入速度が遅くなったようにも思われる。気のせいか、体の中から力が抜けるような感触だ。

すばやく、処置は終わった。俺は起きあがる。待合室に戻る。

「あんた、ご苦労さん。これは謝礼。それに牛乳が二本、これで栄養補給してね。少し、貧血するかも知れないわ」

俺は石土と並び、ベンチで牛乳二本を一気に飲んだ。ここでは、俺の氏名も住所も聞かなかった。封筒をのぞくと、千六百円入っていた。実にあっけなく、俺は金を手にした。手足も動かさず、頭も使わず、俺の肉体から血液を放出しただけなのだ。これが売血なのだ。

俺はおぞましい事をしてしまったと思った。

「石土さん、俺はものすごく自己嫌悪を感じてるんだ」

「良く分かるよ。緊急措置だと思うんだね。二度とは僕も勧めない」

俺は、なぜ、血を売らなければならないような状況に、自分を追い込んだのかを考える。それは党のせいではない。劇団のせいでもない。俺自身にすべての原因はある。ダメだ。俺は今、俳優を演じられない。俺は石土に手を振って、逃げるように駅へ向かった。

第十六章　血のメーデーの夜・血塗られた学園

四月のはじめ、稽古場が変わった。新宿から京王線で四つ目の代田橋で降りる。目の前には、広大な敷地の和田堀給水場がある。生け垣の上に西洋建築の円屋根がのぞいていて、桜の花が咲き競っている。静かな住宅街を十分も歩くと、こぢんまりした白ペンキ塗りの木造平屋に行き当たる。ドアには「八田元夫《はったもとお》演出研究所」と表札がかかっている。通称「ハチケン」。演出家八田元夫が終戦の年に創設したスタジオだ。

稽古場は、二十坪ほどの板の間だ。その前庭を芝生が覆っている。そこを客席と見立てて、立ち稽古が行われる。

月末のある日、稽古の休み時間に、誰かが、日本が独立を回復した最初のメーデーには、ぜひみんなで参加しようと言い出した。

演出の窪寺は、

「今度の第二十三回統一メーデーは、良くも悪くも日本が独立を回復した最初のものとなる。だから、みんなもそうだろうし、俺もそうだけれど、デモに参加したい。しかし、自由舞台は、『プラーグの栗並木の下で』の公演を、成功させる一点に集中しよう。『プラーグ……』を舞台にのせることができるのは、俺たちだけだ。俺たちは舞台で、俺たちの思いを形象化したいんだ。もう、あまり時間もない。だから、稽古に集中してほしい」

熱っぽく訴え、みんなもそれを了承した。

本番までは、三週間を切っている。俺も含めて俳優は、それぞれの役に適応している。俺も、マチェクになりすましていた。

俳優は、もうセリフを諳んじている。お互いを配役の名でしか呼び合わない。

窪寺のダメを出す声も、大きくなっていた。

メーデーのその日、劇団自由舞台は、朝から立ち稽古を続けた。ところが、裏方の何人かの顔が見えない。きっと、我慢しきれずに、メーデーに参加したのだろう。

稽古がはじまって間もなく、しゃれたジャケットを着た細身の宇野誠一郎が、小脇にカバンを抱えて現れた。宇野は仏文科の三年生、作曲に個性的な才能を見せている。

田坂と宇野は、旧制早稲田高等学院で同級、それ以来の友情に宇野は応えたのだ。

宇野は長髪を掻き上げて田坂に、

「醇ちゃん、作曲ができたよ」

楽譜を取り出した。田坂がニコッとしてそれを押し頂く。

「宇野ちゃん、ありがとう。聞かしてよ」

宇野は稽古場の隅のピアノの前に坐った。前奏が流れる。楽譜を手に宇野が歌い出した。

俺らの生まれは　ここではないが
俺らの胸は　ともに高鳴る
頭の上には　同じ旗だ
容赦なく　また常に容赦を求めず
俺らは　戦うために来たのだ
第七旅団の行くところ
ファシストは滅ぶ　進め　進め

俺たちは、思わず拍手した。

それは勇壮な行進曲だ。見事な軍歌だ。でも、日本の軍歌の調べではない。俺たちは、ヨーロッパの諸国の軍歌を知っているわけではない。しかし、この歌には、ヨーロッパの息吹がある。そして今、流行しているロシア歌謡とは明確に異なっている。これが、国際旅団で歌い継がれていた軍歌だといえば、誰もが納得するだろう。宇野の感性が生み出した傑作だ。

歌詞を手にした田坂も歌いはじめた。田坂の声はよくのびた。みんなそれに唱和した。

妻と老いとを　家に残して
世界の果てから　集まり来しは

一歩も退却　するためならず　……

きょうの稽古の重点は第三幕だった。この幕では、登場人物のさまざまな人間模様が多彩に展開する。

その中の一つとして、スペインの内戦に義勇軍の戦士として戦った、かつての戦友三人の再会がある。戦友を演じる三人はもちろん、俺たちは、この歌に熱中した。

ファシズムに対して銃を執り、前進し、銃弾に倒れた戦士の心意気が伝わってきた。

この「第七旅団の歌」が消え、独裁者フランコが、スペインを制圧したのが一九三九年春、そしてこの年の秋には、ナチス・ドイツがポーランドに侵攻して、六年間にわたる第二次世界大戦がはじまったのだ。だから、ヨーロッパに生きる各国の人にとって、スペイン内乱は、まさに惨禍の序曲だった。

さらに、俺・マチェクが婚約者・ボジェーナに、結婚を断られ、二人の関係が破綻するその時に、ボジェーナが歌うシャンソンもできあがっていた。

俺たちは、短い昼食の休憩をのぞいて、ぶっ通しに稽古し続けた。

＊

午後六時過ぎ、稽古が終わり、代田橋から京王線で渋谷へ出た。

ハチ公広場前の十字路を渡り、渋谷食堂の横を入る。モルタル造りの白壁の入り口に、喫茶「Bluet《ブルーエ》」と青いネオンの看板が出ている。学生のたまり場の一つだ。ここに顔を出せば、きょうのメーデーの様子が聞けるはずだ。

扉を押して中へ入る。ジャズの喧噪が室内を包んでいた。中は暗い。天井からダウンライトが灯りを落としている。その数本の淡い光芒の中に、タバコの煙が充満している。

急に鼻腔に刺すような鋭い刺激を感じ、涙が出てきた。それは尋常な臭いではない。そばにいたどこかの学生から臭いが出ている。その隣の男からも同じ臭いがした。俺の感情とはまるで無関係に涙が出てくる。俺は思い出した。俺はこの匂いを憶えていた。まちがいなく催涙ガスだ。中学二年生の時、軍事教練で体験したあれだ。なぜ、催涙ガスが……。

警察と衝突したのだ。それもかなり激しく……。それに間違いない。

瞳をこらすと、ようやく店の内部が見えてきた。

常よりも多い四、五十人の客で、坐り場もない。カップを手にして、立っている姿もあった。どの席でも、熱狂的に語っている。いや、怒鳴っていると言うほうが正しいかも知れない。

俺はその方角へ行った。そこには予期していたとおり、自由舞台の連中がいた。申し合わせを無視して、連中は行ったのだ。

甲高い男の声。それは劇団の津島だ。

「とうとう、人民解放ののろしが上がったんだ。民族解放革命への第一歩だよ。俺たちも武器を執って、警官隊をやるべきだ……」

つづいて、

「あたしも、警棒で殴られたわ。あれは許せない」

あっ、川上孝子もいる。

俺はみんなに声をかけた。

「今晩は。どうだったの」

一瞬、会話がとぎれた。でも、俺の声は分かってもらえた。とたんに、

「棚田さん、人民のエネルギーが爆発したんだ」

「俺たちは、人民広場を占拠したんだ」

「警官隊は、催涙ガスはもちろん、実弾を発射してきた」

「一斉射撃で殺された労働者もいるのよ」

「日比谷の交差点から祝田橋にかけ、十数台のアメ公の車が炎上したんだ」

「ポリ公とアメ公がお濠に投げ込まれたよ」

「無期停刊になっていた共産党の機関紙『アカハタ』が復刊されたわ」

「俺たちは、市街戦に勝利したんだ」

それぞれが、いっせいに口を開いた。機関銃のようだ。

その激突が、何からはじまり、どのように展開したのか、具体的には何も分からない。でも、かつてない騒乱が起きたことは、しっかりと感じられた。

「分かった。朝からどんな具合だったの」

俺は隣に坐っていた川上孝子に尋ねた。

「あのね、一昨一九五〇年から、皇居前広場、つまり人民広場の使用が禁止されているでしょ。だからきょうのメーデーの中央会場は、明治神宮外苑広場よ。実行委員会は、五十万人が参加したって発

表したけれど、あの広場にそれだけの人が集まるのは無理よね。ああ、それとね、お昼前だったわ、学生を中心にした二、三百人が、演壇に押しかけて騒然としたの。『人民広場へ行こう』というような声が聞こえたわ。そしたら会場のスピーカーが聞こえなくなった。演壇で何が起きているのかは、分からなくなったの。そのうち、五コースに分かれてデモ行進がはじまったのよ」

津島が口を開いた。

「僕たちは、北部コースに編入されていたが、デモの出発直前に突然コースを変えた。僕たち全学連は、中部コースの先頭に立っていた。その後ろに、全日土建、民主青年団がこれに続いた。デモの途中で、僕たちはスクラムを組み、『人民広場へ行こう』『人民広場を奪い返せ』と叫びながら、激しく蛇行した。こうして僕たちは日比谷公園に到着し、予定通り解散したんだ。ところが、公園内の小音楽堂前で、数人の活動家と思われる連中が、『人民広場を奪い返せ』とアジ演説を繰り返し、僕たちにも参加を呼びかけた。そして、隊列を組み直し、日比谷交差点を横切って馬場先門へ向かったんだ。GHQのある第一生命ビルには、MPが数人、警備にあたっていたのを覚えている。僕たちの後にも幾つものグループが続いていたね。馬場先門には、二百人ほどの警官隊が警戒線を張っていて、僕たちを迎えると、警棒を構えて阻止してきた。これが乱闘のはじまりだった」

川上孝子が後を受けた。

「あたしたちはまっすぐに突進したの。そしたら、警官隊はさっと左側によけたの。だから、まっすぐ二重橋前へいくことができたのよ。よくは分からないけど、その時、あたしたちを含めて、デモ隊の数は、数千人になっていたように見えたわ。みんなで、『人民広場を取り返したぞ』って、大喜びしていたの。そしたら、突然、銃声が一発、二発、響いたわ。今、思い出してみると、それが警官隊の攻撃開始の合図だったのよ。五百人ちかい警官隊が、デモ隊めがけて突っ込んできたわ。もう、逃げるだけしかなかったわ。警官隊は女でも容赦なく警棒で叩きのめしていたわよ。警官隊から、白い煙の尾を曳きながら数十の何かが投げ込まれたわ。催涙弾だったわ。鋭い痛みで涙があふれ出したわ。青色のヘルメットをかぶった警官隊と、プラカードを持ったデモ隊の青年が、ぶっつかりあっているのがぼんやり見えただけ」

俺はうなずきながらひたすらに聞き手となっていた。大方の状況は理解できた。異常なことが起きたのは確かだ。まさに大事件と言っていい。でも、それが大衆の中から発生した反米・反政府・反体制の機運が炸裂したものだろうか。この事件の背後には黒子がいると俺は直感した。

手元のコーヒーに口をつけながら、あたりを見まわす。奇妙なことに気がついた。店内の柱の陰の席、ボックス席の角に、ハンチングを眼深くかむり、レインコートを着た男が数人いた。一見して労働者風だ。そうだ。労働者風なのだ。それは学生でもなく労働者でもない。申し合わせたように、同じようないでたちだ。連中は情報収集に張り付いている刑事に間違いない。

俺は危険な場所にいるのだと覚った。俺は自由舞台の後輩たちに、そっと状況を知らせて、店を出るようにし向けようかと思った。でもそれは止めた。興奮している仲間は、刑事を取り囲んで、騒ぎを大きくするだけだ。

俺は、薄暗がりをいいことに、そっと席を立って店を出た。

＊

メーデー事件は、日本を震撼させる大事件だった。

警視庁は、皇居前広場に乱入した団体・首謀者・参加者の捜査・逮捕に全力をあげていた。

翌二日の新聞は極左分子による騒乱事件として、死者二名、デモ隊の負傷者約五百人そして逮捕者は六百九十三人、警官隊も重軽傷八百三十二人、炎上した自動車は十九台と報じていた。

そしてこの日の夕刻、メーデーに参加したとして、新人劇団員松田輝也が神楽坂警察署に逮捕されたという報せが稽古場に届いた。

翌三日朝、仲間数人と四ッ谷駅で落ち合い、松田宅を訪ねた。

やつれた表情の父親が現れ、事情を説明してくれた。

メーデー当日、夕刻に松田は帰宅した。両親に広場での状況を興奮しながら話したという。

二日早朝、数人の警官が訪れ、メーデー事件参加容疑の逮捕状と家宅捜索令状を示し、本人を連行した。警官は本人の自室を重点に家宅捜索行い、日記やメモ類を押収したとのことだ。

警官の話では、市ヶ谷駅で下車した松田の様子から、激突に参加した疑いがあると尾行、住居を確かめ、身元を割り出したのだという。

雑誌編集者だったという父親の説明は、的確で一つも無駄はなかった。

そして、警察官が帰り際に、

「お宅の息子さんは、率先指揮をしたのではなく、付和随行だという心証を抱いている。ですから、取り調べに協力するなら、多分、心配されるようなことにはならないでしょう」

と言い残していったと話してくれた。

とりあえず、俺たちにできることは何もない。しかし、できることがあれば、何でもお手伝いします と挨拶して辞去した。

その帰途、このことに、俺は少なからぬ責任があると思っていた。

＊

五月八日の夕刻、俺は代田橋の稽古場から、北山と二人で打ち合わせのため大学に戻った。数十人の学生が文学部の正面階段付近に集まって、円陣を作っていた。その中心に、背広姿の若い男が二人、青ざめた表情で立っている。

「何があったの」

俺は学生の一人に尋ねた。

「よく分からないんだが、あそこで学生に取り囲まれて、吊るし上げされているのは、刑事なんだそうだ」

横からも応答があった。

「あいつらはさ、メーデーに参加した女子学生を逮捕するためにやつて来たらしいんだ」

俺と北山は、顔を見合わせた。北山が小声で、

「誰だろう、文学部の事務所に知り合いがいる。確かめてくるよ」

北山は身軽く、階段を駆け上がっていった。

二人の若い男に、セーター姿の学生が、

「さっきから同じ質問をしているんだ。あんたたちは、何者なんだ。学生なら、学生証を出せ。そう

でないなら、身分証明書を出せ」

二人の男の視線は、一点を見つめていて動く気配はない。緊張しきっているようだ。

「……」

「あんたたちは警察官だろう。われわれが、最初、あんたたちが何者で、学内に何の目的で入ってきたのかと質問したら、小走りに逃げようとしたじゃないか。逃げるからには、何か後ろめたいことをしたか、しようとしていたのかのどちらかだ。警察官が職権を乱用して、大学の中に、みだりに入ってくるのは、大学の自治へ対する明らかな侵害だ。あんたたちは、われわれに取り囲まれてから、黙り続けている。とても普通の市民とは思えない」

若い二人の男を追及するセーター服の学生は、たしか政経学部の党員学生だと気づいた。

北山が戻ってきて、

「分かったよ。この連中は、神楽坂警察署の警察官だって。文学部事務所を訪れ、メーデー参加容疑で俺と同じ仏文科の川上孝子の住所を聞き出したということだ。俺は彼女と同級だからな。すぐ本人に知らせて来る」

「分かった」

俺の頭の中に、事のいきさつが鮮やかに浮かび上がった。発端は松田輝也の逮捕なのだ。松田の手元の日記やメモが押収されている。川上孝子の氏名が、その中に記されていたのにちがいない。松田と川上が共に、メーデーに参加したきっかけは、市ヶ谷でのビラ撒きだ。それが思わぬ事件に発展している。俺はメーデーに参加していないし、二人に参加を促したこともない。しかし、事件の成り行きは、俺と関わっている。だとすると、松田が大日本印刷へのビラ撒きのことも記述していたとすれば、俺の氏名も浮かんでくるだろう。警察がそれを執拗に追及する腹づもりなら、俺の身も安全とは言えない。俺はどうすればよいのだろう。逃げるわけにはいかない。公演は迫っている。

北山が息せき切って帰って来た。

「大丈夫だよ。川上君はグランド坂上の下宿先・大島歯科にいたよ。状況を知らせたら、すぐに身を隠すと出ていったよ」

「それなら何とかなるだろうね。ところで、警察は、なぜ川上孝子を逮捕しようとしているか分かるかい」

北山は首をかしげた。

「見当がつかない」

「あのさ、松田が逮捕されているだろ、そこから警察は、川上の名前を割り出したんだよ」

「そうか。二人とも自由舞台の劇団員だものな」

「俺が、この二人をお互いに近づけるきっかけをつくったんだ」

俺は北山と顔を見合わせた。警察官の学園立ち入りを追及することに参画するべきかどうか。

学生の輪は、次第に大きく厚くなっていた。そして、二人の男は押されるようにして、文学部校舎に入っていった。

「北山君、俺たちは稽古に行こう。俺たちが騒ぎに巻き込まれたら、公演に支障が出る」

北山もうなずいた。二人して、学生の輪に背中を向けた。

俺たちが三号館政経学部の校舎横を通りかかると、地下室の一つの窓が開いていた。そこに数人の学生が話し合っているのが見えた。顔は知っているが、特に話をしたことはない。

俺はふと、足を止めた。この連中は、細胞会議には顔を見せない。それは、合法活動以外のこと、つまり地下活動をしていることを意味している。

「われわれがこの際、軍事方針……」

という声が聞こえた。その後は、声をひそめて何も聞こえなかった。この連中は、早稲田の中核自衛隊のメンバーなのだ。

警察官は、今、学内で学生の監視下にある。そうした状況の中で、軍事方針というのは何だろう。警察官に危害を加えるということなのだろうか。あるいは、警察官を拘束してしまうというのだろうか。学友に対し、警察権力に対する徹底的な抵抗を呼びかけようというのだろうか。

俺は、警察官に対する抗議行動に参加しているのは、危険だと思った。

「俺は帰るよ。じゃあまた明日」

俺は母の勤め先の祈望館を訪ねて一泊することにした。俺がこの紛争に参加していない何よりのアリバイが成立するからだ。

明けて九日の朝、大学に行く。二号館と本部前の植栽が踏み荒らされ、ノートや小物が散乱していた。何かがあったのだ。大隈銅像の下で、学生が叫んでいる。昨日からの経過報告だ。それを聞いて、成り行きが分かった。

俺が午後五時過ぎに最初に見かけた警官二人のうちの一人は、その場から逃れ、代わりに警官一人が駆けつけた。その二人を、本部前で学生約千人が囲んだ。学生はその場で議長を選び、これを抗議集会とし、話し合いによる解決を意図した。そこで学生の総意として、学内へ対する不法侵入だと非難。学内に入った目的、捜査対象となった学生の氏名、警察手帳の引き渡し、詫び状を書けと要求した。これに対して、二人の警官は要求を拒否、硬直状態が続いた。

午後八時前、警視庁予備隊五個中隊約五百人が、大隈講堂前に出動してきた。

大学当局も事態打開のため、警察、学生、大学の三者による折衝をつづけた。

午前零時四十五分、神楽坂警察署長が、警官に詫び状を書かせると回答し、大学、学生側もこれを了承、事態は解決しかかっていた。ところが、午前一時二十五分、警察予備隊は、突如として坐り込んでいた学生に襲いかかった。このため、学生はまったく無抵抗のまま、警棒に叩きのめされたほか、三者会談の室内にいた大学教授、職員も乱打された。重軽傷者の数は、数十人から百人に及ぶという。

眼を赤くした自由舞台の仲間の姿が見えた。

「僕たちは、無抵抗だったんだよ。『警官帰れ』と叫んだ。何度も都の西北を歌った。僕は早稲田の学生であることをあれほど、誇らかに感じたことはない。あの大会の最中、『暴力には暴力を』というようなビラがまかれたね。議長をしている学生が、こうした無抵抗な坐り込みは、権力に対する日和見だとする意見が届いているがと呼びかけたら、ナンセンス、俺たちは早稲田の学生だぞと、みんなで無視したんだ。それにしても、警察のやり方はひどいよ」

　俺はその訴えを聞きながら、現場から立ち去った自分が恥ずかしかった。党員ではない学生の方が、早稲田の学生であることに、どれほどの矜持をもっていることか。

第十七章　『プラーグの栗並木の下で』

五月十一日日曜日、本番二日前だ。

朝から、劇団員全員集合。

制作担当の仲間が、入場券の販売状況を報告した。スタッフが手分けして、学内の文化団体、各大学の演劇部・文化団体へと、歩き回り、頭を下げて、二千枚を売り切ったという。代金も順調に回収できているという。

俺たちは拍手した。大隈講堂の座席数は千四百三十五、昼夜の二回興行だから、七十パーセントの座席はすでに埋まっていることになる。それに当日売りを見込めば、ほぼ満席に近い。

法学部地下の部室脇に準備してあった大道具を、大隈講堂へ搬入する。稽古の合間にみんなで力を合わせて作り上げたものだ。一枚の張り物は、ほとんどが「ロッキュウ」だ。それは舞台装置の寸法を指す符丁だ。横が六尺、高さが九尺、つまり、一メートル八十センチに二メートル七十センチの大きさになる。パネルの枠や筋交には、約五センチ角の垂木を用いる。まず、四角く枠を組み、さらに垂木を十文字にわたして、田の字形にする。それらの角には短い筋交《すじかい》を添えて補強する。その上に、ふのりを接着剤として新聞紙を七、八枚貼り重ねる。ふのりは「布海苔《ふのり》」だ。乾燥した海藻のフノリに水を加え、加熱して液状になったものだ。大学の近くの鶴巻町に専門店があって、桶で買ってきた。

四月下旬、代田橋での稽古がすすみ、俺がビラ撒きをはじめた頃、大道具の製作もはじまった。校舎脇が俺たちの仕事場だ。道具箱を持ち出し、垂木《たるき》の長さを合わせ、曲尺《かねじゃく》で線を引いてから鋸で挽いた。フノリの海藻特有の匂いの中で、糊付けをする。本番が近くなっていることを、いやおうなく感じた。貼り上がった新聞紙に軽く水気を加えて、天日で干す。半日も経つと、パネルの表面は収縮してぴんと貼り上がる。

それから、舞台装置担当者の描いた下図をもとに、室内のしつらえを描いていく。まず、黄土を焼いて粉末にした砥の粉を下地に刷き、それからブラシで色づけしていった。

講堂裏の搬入口から約二十枚のパネルを舞台に運び入れた。

この舞台こそ、俺たちのかけがえのない教室だし道場なのだ。舞台の寸法は、間口十一・八メートル（六間半）、奥行き九・二メートル（五間）、高さ十メートル（五間半）。奥には長楕円形のホリゾントが設置されている。スクールカラーのえんじ一色で仕上がった西陣織の緞帳。照明の調整は、舞台上手側の二階部分にある調光室で行う。講堂の内部は、三階になっていて、二十五メートルの高みに、明かり取りをかねたステンドグラスの丸天井がある。音の通り、響きは、抜群だ。早稲田で演劇に取り組むと、この舞台の寸法を頭にたたき込む。

舞台では、舞台監督と装置担当が運び込まれたパネルの設定位置を指定する。ＯＫが出ると、支木《しぎ》をあてがい、動かないようにかすがいで固定する。今回の芝居は、場面が一つで展開する。舞台の転換がないので、運行は楽だ。舞台ができあがった。

すぐに舞台稽古がはじまった。

俺たちはお互いに、役として関係しあっている。深く呼吸してみる。俺はもはやふだんの俺ではなく、マチェクとしての俺だ。田坂はペトロフ大佐その人だ。

俺の前に、俺の婚約者ボジェーナが立っている。俺はこの女に、ふと、ときめきをおぼえた。それは考えてもみなかった衝動だった。婚約者なのだから、当然にそうあって不思議はない。むしろそうあらねばならない。しかしだ、耕平である俺は、この女に愛着を感じたことはまるでないのだ。それは演劇における俳優の役作りの中から生まれたものだ。俳優であることの、不思議な世界に、俺は今、入り込んでいる。

「役」とは何だろうと思う。俳優は「役」を演出家から与えられる。それは自らが表現すべき人間の姿だ。役に扮し、役を演じる稽古の過程は、役に相応した心象を形づくることでもあったのだ。本番が終わるまでは、俺はひたむきにボジェーナを愛し続けようと決めた。その思いが胸に納まると、とても安心できた。

舞台監督が舞台から最も遠く離れた座席に位置して、セリフが届くかどうかを確かめている。声が小さいと容赦ないダメが飛んできた。

翌十二日月曜日。

俺たちは一日中、大隈講堂の舞台で稽古した。

何度、繰り返し、ダメが出され、動きに改変が加えられたことだろう。でも、俺たちは飽きることなく、稽古を続けた。


五月十三日火曜日。とうとう本番の日を迎えた。

昼過ぎには、講堂の前に、開場を待って数十人の列ができていた。

「お客さんが並んでくれるなんて、嬉しいな」

北山が両手を挙げた。田坂がそれにうなずきながら、

「きょうは、いよいよ本番だな。頑張ろう。リアリズムだぜ。窪寺のセリフを心に刻んでな。一度、あのお言葉を繰り返しておくか」

俺と北山は、顔を見合わせ、うなずいてから、調子を合わせ、

「リアリズムとは、細部の真実の他に、典型的な状況の下での典型的な性格の忠実な再現」

そして、三人で首をすくめて、笑いあった。

「醇ちゃん、そう言うからには、スタニスラフスキーのスタイルで演じるんだろうな」

俺が問いかけると、

「俺はウソをつけない性分だからさ、本音を言おう。俺のやりたいようにやる。俺は俺の感性を何より大事にするんだ。窪寺に反対なんじゃない。俺は俺のやり方でしか役を演じられないし、そうでなければやりたくもない。でも、そうやって作ってきた今度の役を、窪寺は受け入れている。その意味

ではさ、窪寺は、根っからの演出家だね」
俺も俺のマチェクを演じよう。俺の鼓動は、早くなってきた。
楽屋で顔を作り、衣装をつけた。
五分前のベル。緞帳の端から見ると、ぎっしりと客席は埋まっている。
予鈴が鳴った。
そして幕が開いた。
俺の出番だ。

第三幕
マチェク　（登場）両足の長靴を上から下まで引き裂かなくちゃならなかった。だがあのドイツ人どもは全く何という豚どもだ。
ボジェーナ　ユリー、ピアノの前に坐って頂戴。
マチェク　何のために。
ボジェーナ　私が歌うからこれをやって頂戴。
（一本指で弾く。マチェクはアコードを選ぶ）
ボジェーナ　いいえ、駄目だわ。よして。この方がいいわ。
（マチェクに譜を渡す。マチェク弾く。ボジェーナ長い沈黙ののち歌い出す）

プラーグの栗並木の下で
君と坐れば
栗の葉がひらひらと舞い落ちる
ものみなは過ぎゆき過ぎゆきて
語りし言葉
枯れ葉となり河に落ち流れ行く

ペトロフ　（突然歌い止め、ペトロフに）なぜ黙っていらっしゃるの。
歌を聞いているのです。

ボジェーナ　いいえ、これはあなたのお気に入らないんだわ。私分かっていますの。
（マチェクに）止めて頂戴。

チーヒー　（ドアを開けて）大佐殿、ちょっと来て。みんなであの人をどんな目に遭わせたか
見て下さい。

ペトロフ　（ボジェーナに）失礼します。（退場）

マチェク　（気違いじみたアコードをあれこれ鳴らし、音を立ててピアノの蓋を閉めて立ち
上がる）
第一巻の終わりです。次は何です。

ボジェーナ　何にもありません。あの人は私が愛していることも知らずに出発します。やきも

マチェク　ちをやくのはよして頂戴。私はあの人の恋人にも妻にもなりませんから。私の最後の言葉です。あなたは明日、私の妻にならなければなりません。一日も延ばすことはできません。

ボジェーナ　（非常に静かに、疲れたように）ユリー、あなたには何もお分かりにならなかったのね。私は決してあなたの妻になりません。

マチェク　でもあなたは、私の婚約者になることを承知なさったじゃありませんか。

ボジェーナ　（相変わらず静かに）それはドイツ軍のいた時のことよ。あの頃は、まるで棺桶の中にいるようにひっそりしていて、私はもうどうでもよかったの。私はまた、あなたを怒らせたのね、ごめんなさい。あなたの気を悪くはしたくなかったんだけど。（沈黙）ユリー、私は今までとは違う他の世界を見たの。他の人間を、全く全然別の人間を……。

マチェク　どこで。コンセントレーションキャンプで。

ボジェーナ　そうなの。その時からなの。あなたとはまるで別な人間。そして私が別の世界の人で、あの人たちの世界に入ることができないなら、あなたのそばで退屈して、あなたを苦しめるより、この戸の前で死んだ方がましなんです。私がどんなに静かに話しているかお分かりでしょう。私の約束の言葉を私に返して、私を許して下さいまし。ではさようなら。

マチェク　あとで残念に思うようなことはありませんか。

ボジェーナ　決して。
マチェク　さようなら。（退場）
ボジェーナ　（追っかけて）さようなら。（長い沈黙）

心変わりしたボジェーナの吐く言葉の一つ一つが、俺の心を鋭くえぐった。俺とボジェーナは、同じ生活、同じ人生の意義を持ち合っていた。それが二人の愛の支えだった。しかし、今はまるで違う。俺は、ボジェーナの世界に入ることはできない。

暗い客席に観客の表情を見ることはできない。しかし、俺が語る時、観客の視線が、俺に集中していることを肌に感じる。見られていることの高ぶりと怯えに、心がふるえる。

これは、激動する社会の中で、新しい潮流を見いだす人と、古い伝統的な考えに固執する人との葛藤なのだ。

ボジェーナは、新しい風。俺・マチェクは停滞と動揺。

ここはこの劇における社会主義リアリズムの核心部分の箇所だ。ボジェーナに、原作者は、明るい明日の到来を暗示している。でも、揺れ動き、苦悩することこそ、あるがままの人間だと俺は思う。俺は役柄として、揺れ動く心情の人物でなければならない。しかし、そうであろうとするうちに、俺・耕平も、マチェクと一体になっていた。

俺とボジェーナの間には、破局が訪れる。

俺は万感の思いで、

「さようなら」

と舞台から去った。楽屋に戻る。鏡を見た。眼が充血していた。

俺が「さようなら」と別れを告げたのは、ボジェーナばかりではなく、俺・耕平を呪縛していたものへでもあると感じた。俺自身を解放するためにだ。党から自由であること、党の方針に従うこと、指令を実行することで、俺には何も見えなくなっていた。

マチェクを演じたことで、俺自身は、自分自身であることの意義を痛感できた。

もう出番はない。まだ、舞台では劇が進行している。

俺は化粧を落とし、衣装を着替えて、棚田耕平に戻る。

幕が下りた。終わったのだ。

緞帳を隔てて客席から大きな拍手のどよめきが聞こえてくる。

幕をあげ、俳優も裏方もみんな舞台に勢揃いした。スクラムを組んだ。

窪寺がその真ん中に立ち、深く深く頭を下げた。それをきっかけにして、俺たちの劇団歌を合唱した。アメリカ民謡「線路工夫の歌」の替え歌だ。

　輝く太陽大空に
　自由の世界へさあ手に手をとって
　行こうよ友よ　足並みそろえて明るい希望の歌声に

観客も立ち上がって手拍子をとり、歌いはじめた。

ぐっとこみあげてきた。こらえきれない。頬を伝ってあふれ出てくる。

俺はマチェクを演じ終えた。俺の表現力は稚拙に過ぎなかったろう。しかし、俺は全力でマチェクに化そうと努力した。扮し、演じる中で、演じる俺と、それを見つめる俺がいた。俺の中に一筋の細い糸のように、その絡み合いが紡ぎ出されていると感じた。

舞台に立ってみて、俺自身の中に、肉体を手段として表現する資質に欠けていることが分かった。セリフを口にしているさなかに、俺は文字で、自分を表現し、そこに自分を見つけようとしていることに気づいたと言っても良い。でも、それは貴重な経験だった。だから、マチェク役は、俺にとって実に最初で最後の体験となる。

組み合った仲間の腕。俺たちは公演という一つの目的に向かってきた。お疲れさま。

俺は棚田耕平に戻るんだ。単に戻るのではない。俺自身を取り戻そう。

夜更けて、俺たちは解散した。外に出て振り返ると、大隈講堂の時計塔に灯りがついていた。

やり遂げた思いと張りつめていた気迫が、ない交ぜになった帰り道だった。

第十八章　ニセ学生のクズ屋

芝居は終わった。

『プラーグ……』が終わって、何か大きな区切りがついた。しばらくの間、放心状態で俺はいた。

五月二十日昼過ぎ、細胞会議に顔を出した。単なる義務感からだ。文学部地下のソビエト研究会の部室は、人いきれで埋まっていた。

席の中央をキャップの松山が占めている。いつものレーニン帽と雑嚢を机の上に置いてある。ニッと作り笑いを浮かべて、闘争の指令を伝えると言った。

五月三十日に、新宿駅で人民大会記念と銘打った大集会を展開する。党の軍事組織も活動する。みんなも、これに参加するようにと申し渡しがあった。人民大会事件というのは、三年前の一九四九年、東京都の公安条例制定に反対して、労働者が有楽町の東京都庁舎で、警官隊ともみあい、一人の労働者が三階から転落死した事件のことだ。

この日、俺に命じられていたのは、群衆に対して参加を呼びかけ、スクラムを組んで警官隊に対抗するように扇動することだった。

俺は、したり顔の松山に、かねてから反感を抱いている。この男は、いつも党の上級機関の決定と方針はこうだと言う。それには何の誤りもないと言う。下級党員は、その指令に従い、実践することこそ、党生活だという。党は常に人民の支持をえて闘争すると言う。

俺の体験した限りで、党が人民から支持されている気配は、まるでなかった。党の組織の中の雰囲気は明るくはない。これが明るい日本、人民が主人公になるための革命を遂行する党なのだろうか。俺の中に、党への不信と疑念は、大きくなっている。

俺は四時過ぎ、新宿駅の東口から外街中に出た。駅の周辺はふだんとは違う。警察予備隊が青いヘルメットをかぶり、青いゴム引きのコート、青いジュラルミン製の盾を構えて、待機していた。俺は傍観者でいようと決めていた。闘争への参加を呼びかけるつもりはまるでない。

駅の正面の二幸ビルの前には、警官隊を遠巻きにして群衆がいた。駅から出てきた人たちは、誰もが急ぎ足に立ち去っていく。

午後五時過ぎ、短く笛の音が聞こえた。それが合図だった。群衆の中から、十数本の赤旗が現れた。同時に歌声が上がった。

民族の自由を守れ　決起せよ祖国の労働者
栄えある革命の伝統を守れ
血潮には正義の血潮もて叩きだせ
民族の敵　国を売る犬どもを……

民族独立行動隊の歌だ。群衆の中から、数人の男が飛び出し、警官隊に近づくと、手にしていた瓶を投げ込んだ。警官隊がそれを避けて、隊列が動いた。警官隊の輪の中で、小さな炎が立ち上った。火炎瓶だ。警官が消火器で粉末を吹きかけると、あっけなく鎮火した。瓶の一つが、警官に当たって砕けた。発火しない。液体がコート一面に流れる。

「硫酸瓶だぞ、流せ」

警官隊の中から声があがる。警察の放水車が液をかぶった警官に水をかける。

散発的に瓶を手にした男たちが、飛び出してきては、投げつける。その中には、早稲田の中核自衛隊の男もいた。群衆の前面にいた若い女が駅前交番の方へ駆けて行く。ネッカチーフで顔をかくしている。一見すると夜の女のようだが、身のこなしは女子学生。連絡要員なのだ。

群衆は、単なる野次馬のままでいる。闘争に参加する気配はない。俺が聞いていたのでは、駅前で決起すると、国鉄労働者もこれに同調して、電車を止めるということだった。しかし、電車は走り続けている。

群衆の中に隠れている。軍事組織の連中が、警官隊を相手に闘争しているだけだ。

これが軍事方針と軍事行動の実態なのだ。俺は白けていた。

小河内村、平独の運搬、ビラ撒き、もうこれが限度だ。

＊

俺は俳優に、夢中になって取り組んでいた。その出来映えは、大したことではなかったろう。俳優として自分を見つめ、表現する経験は、楽しかった。どうやら俺は、そのことに燃えていたようだ。そして、自らを突き放して見つめることこそ、内省というものに通じるものだと感じた。そこで俺に見えた俺は、何かになろうとあがきながら、何かになるための努力をしないでいる軽薄な若者の一人でしかなかった。

俳優としての表現力は、技術としての表現力以上に、俳優本人の人間的な深さ、豊かさから、生み出されるのだと体感できた。何かになるためには、何よりも自分自身の土台を固めることだ。俳優としての俺の役も終わった。役が終われば、元の自分に戻るだけだ。

自由舞台のみんな、俺によい勉強をさせてくれてありがとう。

役から解放され、もともとの俺に戻った。戻ったからには、確固とした俺に立ち返ろうと思う。ところがだ。その俺は、革命の走り使いとして動き回っているだけの俺だ。

何か書こうとしても、原稿用紙に、まともな文章一つ書けないでいる俺だ。授業に出ていないため、卒業の見込みの立たない俺だ。思いあまって、

「石土さん、俺は自分が見えなくなっている」

石土は、そっけなく、

「それは、君の眼が曇っているからさ」

「どうすればいいの」

「曇りを取れれば、すぐ見える」

「だから、それをどうするの」

「曇りとは、迷いと執着だよ。言い換えれば妄想だね」

「分かった。それじゃその妄想を取り払うには」

「君の妄想は、君が生み出したんだから、君が消せばいいだけさ」

「それができないで悩んでいるんだよ」

「妄想を消せるかどうかは、君の機根、つまり根性次第だね」

「方法はそれだけ」

「坊主である俺の答えは、それしかないね」

石土は、実に毅然として答えた。それから俺に合掌して去った。

俺は、何よりもまず学生であろうと考えた。学ぶ姿勢を取り戻すことで、何かが見えてくるだろうと、俺は教室に出た。良くも悪くも、教室の中には、知的な空気がある。懐かしささえ感じた。

そんな俺に、林田は党活動だと、仕事の指令を持ってきたりしなくなった。細胞会議も開かれていないようだ。

五月末、東京・新宿駅で、火炎瓶が投げられたのを最後に、党の武力闘争は止まっている。何か、風向きが変わっているようだ。なぜだろう。その理由は分からない。

＊

夏休みに入った。俺はこの期間にしっかりと、稼いで、秋からの授業に出ようと決めた。

俺がクズ屋をはじめることになったのは、台湾時代の中学の級友の紹介による。

九段の学生会館でアルバイトの職探しに出かけたが、仕事にはありつけなかった。しかたなく帰ろうとした時、ばったりと中央大学の帽子をかむった昔の級友に出会った。

懐かしくて、話し込んでいるうち、お前にはちょっと恥ずかしいかもしれないがと、紹介してくれることになったのだ。

誰か相棒はいないかと、劇団の北山に声をかけたら、二つ返事でやろうということになった。北山和己は仏文科の学生で、例の『プラーグの栗並木の下で』で、ナチの収容所に入っていた盲目のジョキチを演じた。まじめさとひょうきんな一面が交錯して、愉快な人物だ。

朝の通勤時間だ。街の中はあわただしい。人波をかき分けるようにして、渋谷から東急東横線に乗り、二つ目の中目黒駅で降りた。改札口には、北山も角帽をかむって立っていた。意外と几帳面な性格なんだ。定刻の午前八時には、まだ、十分もあった。

「じゃあ行こう」

連れだって線路沿いに渋谷の方へ少し戻る。目黒川を渡ると高架線路の下に、「資源回収業・渋沢商事」と記した看板が見えた。二、三十台の大八車と、くず鉄や空き瓶、古新聞などが品目ごとに分類されて山積みになっている。そして男たちが輪になって、誰かの話を聞いているようだ。

「ここだ」

俺が先に立って中へ入った。俺は大声で叫んだ。

「こんちわ。社長さんおられますか」

「俺がそうだぜ」

手ぬぐいで鉢巻きをした小柄な男が振り向いた。丸顔にクリクリッと瞬く二つの眼が光っている。

白シャツの上に、腹巻きを重ね、そこから財布が顔をのぞかせていた。

「あのう、僕の友人の……」

「あいよ。分かった。話は聞いてる。いいよ。じゃ、きょうから仕事しなよ」

社長は名乗らなかったけれど、この人が渋沢さんに違いない。

「よう、あんたら、この稼業は、はじめてなんだろ」

「はいっ」

「それじゃ、奥の帳場に番頭の杉原と俺のかみさんがいるから、仕事の要領をよく聞いて」

社長は、奥の方に、

「よお、新米が二人できたから、教えてやってくんな」

それだけ言うと、社長は男たちに、話をしはじめた。

「俺が番頭の杉原。学生さん二人だな。じゃあ、仕事の説明をしよう」

番頭さんも、なぜか鉢巻きをしている。度の強い眼鏡にチョビ髭を生やしている。漫才師の横山エンタツにそっくりだ。

「ウチの稼業は、現在、廃品回収だとか資源回収だとかと、体裁よく言ってるが、昔風に言えば、クズ屋だよ。大八車を曳いて、町を歩き、『クズやお払い』という呼び声で、お客さんからブツを頂戴したり、買ってくるのさ。このクズ屋のあるところを『立場《たてば》』という。町を歩くみんなは『手子《てこ》』という。これから話が少し込み入ってくる。俺はウチの番頭だから、ウチ、つまり渋沢商事の雇い人。社長から給料を頂いて暮らしている。でも、手子は、ウチの雇い人じゃない」

「あの僕らは、一日働いていくらという日給じゃないんですか」

「それは違う。ウチは手子に給料は払わない。あんたら、学生さんだから難しい話が分かるよな。ウチとあんたたち手子との間には、雇用関係はない」

「はあ」

「あるのはウチと手子との間には、業務契約があるだけなんだ」

「具体的に仕事のやり方で説明して下さい」

番頭は、いつもこのことを新しい手子に説明しているのだろう、よどみなく話しだした。

「あんたらが、ウチの手子になるというのはさ、ウチの親方の身内になるといってもいい。あんたらは、ウチの半纏《はんてん》を着て商売することになるからさ。半纏を着るってのは、分かりにくいかな。ウチの店の屋号を背負ってということさ」

「番頭さん、僕らがここの店の身内になるっていうことは、雇われるってことじゃないんですか」

北山が首をかしげながら質問した。番頭・杉原は、そこが肝心なんだと飲み込み顔で、

「あんたらは、インテリだからさ、ボランティア・チェーンというと分かるかい」

「すみません。僕らは文学部なもんですから……」

「そうか。分かった。実際に何をどうしているかを説明しよう。まず、あんたらは、ウチの親方が受け入れたから、身内になったんだ。毎朝、手子はこの立場に顔を出す」

「立場というのは、仕事の本拠地のこと。職人さんの世界の呼び名かな。出てきたら、番頭の私に顔を見せて挨拶する。私は帳場の出面帳《でずらちょう》に名前を書き込む」

「すみません。その出面帳ってのは……」

「あんたら、世間の言葉を何も分かっちゃいないね。まあ、出席簿とでも言っておこう。そこで、その日の資金として、千円を渡す。給金じゃないよ。商売の資金だよ。そして道具の準備をする。バネばかり、硫酸の入った小瓶、そして大八車、これがクズ屋の三種の神器さ」

「バネばかりは、重さを量るのに必要なのは分かります。でも硫酸は何にするんですか」

「お客がな、これは銀製品だから値がはるんだよってブツを出してくることがある。その時、落ちついて、小瓶にくくりつけてある箸の先に硫酸を浸して、ブツに塗ってみる。本物なら、何も変化はない。でも、表面にメッキがしてあり、中身が真鍮だったりすると、ブツブツ泡を噴く。そうなると、単なるガラクタ、買っちゃ駄目」

　俺たち二人は、顔を見合わせてうなずいた。番頭は、楽しげに言葉を継いだ。

「帳場の前の黒板には、その日のブツの品目ごとの仕切り値段、つまり買い上げ価格が書いてある。それをよく頭に入れて、ブツを買うんだよ。しつこく言うが、仕切り値段より安く買わないと、儲けは出ないよ。夕方になると、ブツを仕入れて立場に戻ってくる。すると、俺がそれぞれのブツを確め、仕切り値段で買い上げるんだ」

「僕らは朝、千円借りてますよ」

「もちろんさ。そこで、買い上げた合計が二千円だったとしよう。帳場は、資金として渡した千円を差し引いて、残りの千円を手子に支払う。それは日給だの月給だのという賃金じゃない。手子と会社とのブツの取引だ。何も仕入れられなかったら、資金の千円は返してもらう。どれだけ儲けを出すかは、あんたら手子の腕による。とりあえず、あんたらは二人一組でやってみな」

俺たちには、何をどうすればよいのかが飲み込めてきた。

「君、値段を書いてよ。俺は字を書くのは苦手なんだ」

北山が、きちんとした字画で仕切り値段を書きはじめた。

「おい、それは駄目だぜ。そのまま写すのはまずいよ」

俺は慌てて口を挟んだ。

「どうして」

「必要な場合、仕切り値段をお客に見せるんだよ。そのまま書いたんじゃ、俺たちの儲けが出ないぜ」

「分かった。それじゃどうしよう」

「俺たちは、角帽かぶってきたから、苦学して頑張ってるアルバイト学生で通すんだ。だから、かなり強気の値段にしようよ」

「どのくらいを考えてるんだい」

「俺のカンで言えば、仕切り値段の二割を俺たちの買い入れ価格にするんだ」

「ちょっとあくどくないか」

「やって駄目なら二割五分にしてもいいよ。でも最初は二割でいこうよ」

「それじゃ出かけよう」

俺が最初に大八車の先棒を曳き、北山が並んで歩きだした。山手通りを渡ると緩やかな坂道になる。周辺は落ちついた住宅街だ。

梅雨明けの直射日光を浴びて、俺たちは汗ばんできた。

「北山君、俺は算数が苦手なんだ。俺たちの仕切り値段で五百円買い入れたら、儲けは幾らになるの」

「立場の買い入れ価格は二千五百円になる。そこから資金の千円を差し引くと、俺たちの儲けは千五百円、一人分で七百五十円だ」

「学徒援護会のアルバイトだと、八時間労働で日給二百五十円から三百円が相場だぜ。だから悪くないな、この商売は。じゃあ張り切ってやろう。番頭さんが出がけに教えてくれた声を出すか」

とは言ってみたものの、にわかに呼び声は出せない。

「えー、くずやおはらい。おはらいはありませんか」

北山の声は小さかった。とても、家の中の人に聞こえるわけはない。

「戸別に訪ねるのも良いかも知れないぜ」

「よし、まずそれからだ」

かなりしゃれた家の玄関の呼び鈴を押した。奥から「ただいまっ」と、女の顔が現れた。

「クズ屋ですが、何かおはらいはありませんでしょうか」

「あなたたち」

縁なしの眼鏡をかけた色白の女は、髪を整え、エプロン姿で、俺たちを見つめた。

「馬鹿ねえ、あなたたちは、ニセ学生でしょ。すぐに分かるわよ」

三十代はじめの年頃だ。断言した口元に、自信がのぞく。俺たちは顔を見合わせた。北山の目元が笑いを秘めている。俺はうなずく。寸劇のはじまりだ。

「まいりました。図星です」

「ばれちゃったら仕方ありません」

そろって角帽を脱ぎ、頭を下げた。そして薄ら笑いをして頭を掻いた。

女が笑った。

「やっぱりね。あたしの眼は確かなのよ。でも、意外と素直なのね」

「凄いなあ。どこで僕たちがニセ学生って分かったんですか」

北山が心から口惜しそうにして反問した。

「本物とニセモノは、顔つきが違うわよ。勉強している学生には、知的な雰囲気があるものよ。あなたたちには、それがない。それとよ。早稲田はニセ学生が多いの。それなのに、早稲田の角帽かぶったりして来るから、あんまり賢くないことも確かね」

「奥さんてインテリですね。きっと有名女子大卒業ですよね。僕らも勉強して、来年はどこかの大学に入ります。ですから、何かお払い物を出して下さい」

「いいわよ。ちょっと待ってね」

女は機嫌が良くなった。奥へ入り、古新聞の束を両手で抱えてきた。ビール瓶とウイスキーの瓶が数十本、台所の物入れにあった。

「新聞が十束で五十円、ビール瓶が一本二円で五十本ですから百円、ウイスキーの瓶は一円五十銭で三十本ですから四十五円、しめて合計百九十五円です。でも、奥さんからは、格別にご指導いただいたから、僅かですが五円つけて二百円で引き取らせていただきます」

「あらそうなの。また、いらっしゃい」

俺たちは、はじめての取引に気をよくして、大八車にモノを積み込んだ。

「おい、お互いに勉強してないんだな」

「決定的なのは、知的な雰囲気がないってことだ」

俺たちは、木陰に大八車を止め、腹を抱えて大笑いした。

「こんなに笑ったのは久しぶりだよな」

俺たちはこの日、夕方までに、十数軒の家から、約六百円のモノを買った。立場に戻る。俺たちは帳場に用意されている麦茶で喉をしめした。既に何人もの手子が買い取りの順番を待っていた。

「学生二人組か。モノをひろげて」

番頭の杉原が、モノを点検する。

「ビール瓶五十五本、ウイスキー三十五本、古新聞四十キロ、ズク二十キロ、センジ十五キロ、古着六キロ、真鍮五キロ、それから……」

ズクとは、鉄クズだ。センジは、トタン板やブリキ板など、薄手の金属板。センジは、東京の地名の千住と関係があるとかないとか。

「これがあんたたちのきょうの取り分だよ」

杉原が三千二百円を渡してくれた。すぐに俺たちは千六百円ずつに分けた。物の売り買いで、利益が生まれるというのは、はじめての経験だ。

「あしたも頑張るか」

「うん」

夏の日は長い。夕日を浴びて駅に向かう俺たちの影が、長く長く伸びていた。


その翌日、北山がポケットから新聞を取りだして、俺の前に広げた。そして、

「昨日の『アカハタ』だよ。読むかい」

「俺は醒めてしまっているんだ」

北山は笑いながらうなずいた。

「きっとそうだと思ってたよ。俺が赤線を入れたところだけで良いから見てみなよ」

昭和二十七年七月十五日　日本共産党機関紙「アカハタ」
日本共産党三十周年に際して
日本共産党書記長　徳田球一
「……日本における革命運動の今日のたかまりは、日本共産党によって遂行された三十年間のねばりづよい闘争のたまものである。（略）
現在、党は意思の統一および指導の統一にもとづいて発展している。しかし、われわれは依然としていくらかの欠陥をもっている。（略）
指導者はストライキおよびデモにあらゆる努力を集中して、国会および地方自治体にたいする

選挙のような闘争形態にはしばしば十分注意をはらわない。われわれの仕事は、執ように党員の階級的、政治的訓練をおこなうこと、合法活動と非合法活動との結合の技術を習得すること、依然としてわれわれの仕事のなかにある欠陥を排除すること、われわれの全活動の基礎を大衆の信頼を維持するということにおくということ、そして加速度的に発展しつつある革命的闘争にたちおくれないようにすることである」

日本共産党中央指導部

三十周年に際して当面の闘争の重点

日本共産党は日本国民の生んだ子であり、日本労働者階級の最良の子である。
日本共産党は大ロシア革命の影響をうけ、世界革命進行のうちに、日本の労働者階級がこれをうけいれて生まれた子である。（略）
全党の努力と組織を選挙のために集中することが、現下の急務である。（略）
選挙戦を軽視することは、現下の条件において、階級的、国民的うらぎりであり、それがいかに愛国的、平和的外貌をもとうとも、国民的、全党的政策にもとづかない利己的な英雄主義にすぎない。

俺は読んだ。北島は赤鉛筆で的確に問題点を抽出している。俺は冷静に読んだつもりだった。しかし、読み終わったとたんに、こらえようのない怒りが噴き出してきた。

何だと言うんだ。この二つの論文の骨子は、党の武装組織、武装闘争よりは、選挙戦が重要だと言い切っている。

議会制民主主義による人民政府の樹立を目指すのは幻想であり、実力で抵抗しなければならないと言ったのは誰だったのか。

その実現のために、党の幹部は地下に潜り、党の武装組織・中核自衛隊を編成したのではなかったのか。

何が「合法活動と非合法活動との結合の技術を習得」することだ。町の暴力団が、善良な市民の顔をとりつくろうのと同じではないか。

何が現下の情勢であり、急務なのだ。血のメーデーでの戦いを、民族解放ののろしと賞賛したのは、誰だったのか。

あの日から二ヶ月余。その間に、日本の革命の進路に関わる重大な事態が発生したのか。俺の知る限りでは、共産党の武装闘争を規制することを想定した破壊活動防止法が、国会で審議され、七月はじめに可決成立したことぐらいだ。このような法律が生まれた原因は、党にある。だから党も、武装闘争方針を決めた時から、政府が何らかの対抗措置をとることは、予期していたはずだ。では何だ。公然系統と非公然系統に二分された党の組織に混乱が起きているのではないのか。

国民は、共産党を嫌悪し反発している。表の顔と裏の顔を使い分けるのは、至難のことだ。また、党の軍事方針を支持する「革命的な大衆」などは、どこにもいないのではないか。

俺は、党員がオヤジさんという徳田書記長を思う。この人は、地下に姿を消したままになっている。

共産党員であるという理由で、獄中に十八年間つながれていた。党の指導者として、はげ上がった額、大きな眼、分厚い唇、独特の語り口で、親しまれた。

俺が大学に入った昭和二十四年、皇居前のメーデー会場で、「諸君、もう少しの辛抱だ。秋には人民政府が樹立されるぞ」と絶叫するのを聞いた。聴衆は大きな拍手を送っていた。

ひそかに待っていたその年の秋、世間には何も起きなかった。俺は失望した。その翌年も似たような発言を聞いた。俺は今では、この人を扇動者だと思っている。

俺はかろうじて怒りを押し鎮めた。

「どうだい」

北山が俺をじっと見ている。

「読んだよ」

「それで」

「意見を口にすると怒りがこみ上げる。そして自分がみじめになる。俺は今、稼ぎたいだけ」

「しつこく聞いて悪かった。それじゃあ、商売に打ち込もう」

話は終わった。

俺たちは目黒川に沿って大八車を曳いていた。すると、川の中に麦藁帽をかむった男が一人、黒ずんだ川の水をかき分けるように、金属の熊手で川底をさらっているのが見えた。男のそばに四角い大きな竹かごがあって、そこに何やら黒い物が入れてある。俺たちは立ち止まって見下ろした。

「何をしてるんだろう」

「声をかけてみるか」

男が首に掛けていた手ぬぐいで、顔の汗を拭って上を見た。俺たちと視線があった。

「よお、何か良い出物《でもの》でもあるの」

俺が声をかけると、

「お前さんたちは、一体何だ」

「俺たちは、クズ屋だよ。モノが良ければ、何でも買うよ」

「ああそうかい、じゃあ、見せたいモノがあるから、ちょっと待ちな」

男は川の壁面にある作業用の梯子を伝って上がってきた。そして、腰に巻きつけていた縄を手繰って、竹かごを引き上げた。竹かごの中には、黒ずんだ直径三センチ、長さ五センチほどの円筒状の物体が数十個入っていた。男はその一つを手にして、

「砲金《ほうきん》だぜ。これは」

と差し出した。俺たちの買い入れリストには、砲金の値段はついていない。

「おっちゃん、ブツが本物かどうか、調べさせてよ。本物なら、買わしてもらうよ。一個だけ貸して。俺の相棒がちょっと一走りしてくるからさ。俺はここに残っている。いいかい」

「いいとも」

北山がそれを手にして、小走りに立場に戻っていった。俺はタバコをすすめて、男と話していた。男は信州諏訪の出身だという。町工場で働いていたところ、倒産して失職、女房と別れて今は一人暮らしだという。

「俺もお前さんみたいに、クズ屋ができればいいいんだが、身元保証人がいないんで、川ざらいして暮らしてるんだ」

男はふだん話し相手がいないんだろう。うちとけて身の上を話してくれた。

そこへ北山が戻ってきた。北山が男に、

「おっちゃん、まちがいない砲金だ。買うよ。目方を量らせて」

セメント袋に砲金を入れて、バネ秤でつるし上げる。三キロぎりぎりだ。北山が、

「よしっ、俺たちの手持ちは千円、それでどうだい」

「相場より、だいぶ安いな。でも、いいや。とりあえず、現金が手に入るからな」

男は金をポケットに押し込むと、また川に下りていった。

「耕平、資金がなくなった。とりあえず立場に戻ろう」

「おい、思い切った買い方をしたけど、大丈夫かい」

北山は自信たっぷりに、

「どうなるかは、立場で分かるさ。番頭さんに、砲金て何ですかって聞いたら笑われた。スズが混じった青銅なんだってさ。昔、大砲を鋳造するのに使ったから、砲金と言うそうだ」

その番頭の杉原は、砲金を計量すると、

「あんたたちは、結構商売上手だな」

と、二千円をくれた。やったぞ。一時間もしないで、お互いに千円を稼いだのだ。

「耕平、どうする。これできょうは、仕事をやめてもいいいんだぜ」

「そりゃそうだけど、ツキが回ってるみたいだから、夕方まで頑張ろう」

「よし」

「目黒川に沿ってうまい商売ができたから、今度は東横線の線路沿いに行くか」

俺たちは、張り切って大八車を曳いた。一キロ近く歩いて祐天寺の住宅街に入ると、とある一軒の家の前に梱包した荷物を運び出していた。

「あっ、あれは引っ越しだぜ。行ってみよう」

俺たちは、家の前にいた主婦に、

「あの、お引っ越しで不用になった品物で、値のつくものは引き取らせていただきますが……」

「あら、あんたたち、学生のクズ屋さんなの」

「はい」

「そう、ちゃんと値段をつけてくれるのよ」

「わかりました」

俺たちは、不用品と思われるものをざっと見回した。布団もある。使えそうな自転車もある。机や椅子もある。今度は俺が勝負してみようと決めた。

「奥さん、思い切って千五百円でいただきます」

主婦は、ちょっと胸算用をするように片目をつぶったが、

「ちょっと安いんじゃないかって気もするけど、いいわ、あんたたちに売る」

俺たちはポケットから儲けの千円を出して、五百円のお釣りをもらった。それから、値の付きそう

なモノを、次々と大八車に積み込んだ。三十分あまり、夢中で積み込んだ。引き棒を持ち上げるとずっしり重い。北山が後ろから押して、立場に戻った。

それから、モノを分別するのが一仕事になった。ようやく整理して、杉原に見てもらう。

杉原は五千円の金をくれた。本日の収入は、一人あたり二千五百円。良い稼ぎができた。

俺たちは、毎日、仕事に出た。でも雨の日は稼ぎにならなかった。毎日、少なくて六百円、平均して七百円から八百円の収入になった。仕事の途中の昼飯には、百五十円をあてることができた。少しずつ、確実に金がたまっていくのが嬉しかった。

クズ屋をはじめて三週間あまり経ったある日。仕事を終えて帰ろうとする俺たちを、渋沢社長が呼び止めた。

「ちょっと話があるんだ」

「はい」

「お前さんたちは、いつまで、ここで仕事をする気なんだい」

「特に日にちを限っているわけではないです」

「そうかい。俺のお節介なんだがな、手短にいやあ、ここいらでこの仕事は止めた方がいいんじゃないかって言いたいんだ」

「おやじさん、俺たちは、何かやっちゃいけない間違いをしたんでしょうか」

「いや、そうじゃない。クズ屋のおやじがクズ屋を止めろってんだから、妙だけどな」

社長は、そこでタバコに火をつけた。

「俺は手前の商売を立派な職業だと誇りにしてるよ。俺んちで手子をやってるお前さんたちが間違ったことをしたと言ってるんでもない。俺はお前さんたちみたいな学歴があるわけでもない。ただな、このクズ屋商売は、お前さんたちのような学生がいつまでもやっていいかどうかが引っかかるんだ」

「社長、どうしてなんですか」

「それはな、クズ屋ってものは、世間で不用になったブツを引き取る商売だ。お客さんは、ブツの相場なんてものは、知るわけがない。だから当然、安値でお客さんから頂戴する。つまり、クズ屋は簡単に儲けを出せる、割の良い商売だ。これはそれなりに、きちんとした堅気の商売ではあるけど、これから世の中に出ようというお前さんたちに適した商売かどうかは、別問題だ。お前さんたちは仕事に慣れはじめたようだ。俺の眼から見れば、お前さんたちはクズ屋の人相になってきている。学生さんの顔がだんだん消えて来てるようだ」

間違いなく、クズ屋のそろばんが、染み込んできている。

「お前さんたちが、クズ屋を続けたいっていうなら、学校なんか辞めちまって、本職のクズ屋になりな。学生でいたいのなら、この辺で打ち止めにした方がよくはないか」

俺はこみ上げてくるものを辛うじてこらえた。社長は、クズ屋商売の中に、俺たちが埋没するなと、諌めてくれているのだ。

「おやじさん、ありがとう。学校に戻って、勉強します。でも、ここでは教室で学べない良い勉強をさせてもらいました」

「社長、僕は良い人に出会えて嬉しいです。良い経験ができました。ありがとう」

北山の声もうるんでいた。

終章　秋……

秋の学期がはじまった。

細胞会議に顔を出すのは止めた。俺がそう身構えたにもかかわらず、党の林田は俺の前に姿を見せなくなった。新聞紙面から、党が武力闘争をしている記事は消えてしまった。党の方針の風向きが変わったんだ。なぜ。そんなことは分からない。そもそも俺には、党が武力闘争をはじめたのかの理由が理解できないのだから、武装闘争を止めたという理由も分かるはずがない。

俺は毎日教室に出るようになった。教室が懐かしかった。教室の中には、良くも悪くも知的な語らいがある。俺はその枠組みからずいぶんとはみ出していた。学校はいいなと思う。

そんな俺を、どうかしたのかと、いぶかしげに見る学友の視線があった。しかし、そんなことを気にしてはいられない。

俺は卒業しよう、なんとしても卒業して、就職しようと思い定めたからだ。卒業しなければ、まともに就職できない。そうしなければ、安定した生活は望めない。不安定な生活環境の中に生きるのは、とてもやりきれない。それは、経済的なことだけにかぎらず、精神の動揺ももたらす。母は俺が社会人として独り立ちする日のために生きている。その母の期待は裏切れない。

その卒業なのだが、百二十八単位を取得しなければならない。俺は哲学科に在籍していた時に、なんのかのと九十単位以上を履修している。だが、ロシア文学科の必修科目が、ほとんど取れていない。この取得が最大の難関なのだ。ともかくやるしかない。それには授業への出席は欠かせない。一言で言えば、学業に専念しようと思ったのだ。

平穏な時間が流れていく。

授業の合間に、早稲田文庫でひとときを過ごす。大竹は笑いながら、

「君もようやく、授業に出るようになったのか」

「俺はきちんと卒業する。一年遅れだが五年で出る。ところで、君は何か書いているのかい」

「ま、その、構想を温めている」

大竹は、うろたえ気味に返事した。

どうやら、俺は落ちついた学生生活に立ち戻れたのだ。


午後一時、昼の休み時間は終わった。文学部前の広場にたむろしていた連中も、それぞれに正面の階段を上って教室へ向かう。気がつくと、俺だけが取り残されていた。

俺も、その後を追い、一階のこぢんまりした教室に入った。最後列に坐る。隣にいた学生に訊ねると、「文学概論」の講義だという。俺は一年生の時に、この講座の単位は取得していた。でも、もう一度聞いてみようと思った。

定刻を十分ほど遅れて、焦げ茶色の大島紬に羽織袴姿の中肉中背の教員が、左手に風呂敷包みを抱えて静かに扉を開いた。英文科の門馬久男教授だ。明治四十二年の卒業生だから、たしか六十六歳にはなっているはずだ。でも、黒髪はつややかに整えられている。広い額と太い黒縁の眼鏡の奥に、穏やかな瞳が光っていた。

「文芸批評の標準、または態度ということは、要するに人生派の批評と芸術派の批評との是非論に外ならないのです。人生派の批評は、人類全体のための一種の理想を、その最後絶対の標準としています。これに対して芸術派は、批評家その人のその作品から受ける感受性を唯一の根拠としています。この派の批評は、出来るだけ自己の理想を捨て、先入観を去り、虚心に作品を味わおうとするのです。人生派の批評には『判断』または主張が重大要素となるのに対して、芸術派のそれには常に『鑑賞』と『解説』とが中心となっています」

この人は、流ちょうな弁舌の人ではない。とつとつとして、いささかの東北訛りで話す。

「文芸批評の標準を、鑑賞家ないし批評家の主観以外の外的な境地に求めるようなフォーマリズムの批評は、今日ではすでに跡を絶ったと言うべきでしょう。『人は皆自己を標準として万事を判断する。人は自己の外に何等の標準をも持たない』と言ったアナトール・フランスの言葉は、真理であります。今日の文芸批評は、その意義も、その価値も、大部分はその批評家の『自己』にかかっていると見てよいのです」

この人は、「深く感動する能力」を文芸批評の柱だと言っている。それは同時に、文芸制作の根本であるとも主張しているのだ。気がつくと、俺は何度となくうなずいていた。俺はこの先生の言う芸術派の視点に共感していた。授業に出て良かったと思う。

俺が物思いにふけっている間に、話は次のテーマに移っていた。

「文芸における表現の問題として、虚実のことがあります。先生は、その著書『小説神髄』において、文学作品の制作に際し、虚構を排除して事実を重んじると模写主義を唱えられた。これに対し、森鴎外は『早稲田文学の没理想』と題する一文を発表。逍遙が、世界は実だけではなく、想に満ちていることを見過ごしていると反駁。二葉亭四迷も『小説総論』で、虚をとることこそ、大切であると反論したのです」

門馬教授は、ここでふと一息入れた。この人が姓を呼ばず単に「先生」と呼んだのは、他ならぬこの人の恩師・坪内逍遥のことだ。この人は、その弟子として、早稲田文学の世話役を長く務めてきている。「先生」と口にすると、この人の脳裏を師の面影がよぎるのだろう。俺は逍遥の風貌に接したことはない。文学史に現れる人物として理解している。しかし、門馬教授のふとした口ぶりから、俺たちも逍遥の学灯につながっているのだと思う。

「ここにいう虚といい、実といわれるものは何なのか。何はさておき、虚実のことについては、近松門左衛門を取りあげなければなりません。浄瑠璃における語句の評釈書『難波土産《なにわのみやげ》』は、近松の聞き書きとして、『芸といふものは実と虚との皮膜の間にあるものなり。……虚にして虚にあらず。実にして実にあらず。この間に慰みが有たものなり』としています。世に『虚実皮膜《きょじつひにく》の論』と言われるのがこの一文です。イギリスでは、こうした虚実の形象化を Aesthetic process と言います」

門馬教授は、このくだりをしみじみとした口調で話された。俺の勝手な想像だけれど、きっと恩師逍遙も、そこを強調されたのだろう。

俺のささやかな体験から、俳優における表現とは、肉体の制御なのだと思っている。では、文学における表現とは何だろうと考える。それは言葉の選択と語り口しかないはずだと思う。つまりは文体だ。そしてその文体の芯こそ、本人の生き様なのだろうと思う。そして文学作品は、虚と実の統合なのだと思う。

俺は書きたいのだ。文学作品を書きたい。俺が紡ぎだし、織り上げる物語をだ。そこにはさまざまな文様を描き出そう。虚と実が渾然として輝くものにしたい。

俺の中に埋もれていた炎は、消えてはいなかった。素直にそれが嬉しかった。それは同時に、俺が原稿用紙に字を書けないのは、文体の芯となる俺自身があやふやであることということにつきる。お前は何なのだと、自分に問いかける。この問いに答えることができないで、俺はたじろいでいる。しかし、俺の創作する文学作品に、俺以外の誰も関与することはない。創作は自らに発し、自らに完結するのだ。

僧侶である石士も、自分を律するのは自分だけだと言っていた。そして神や仏という絶対を信じても、そこに信じる自分がいる。その自分がどれほど、小さく、取るに足りなくても、神や仏に向き合うのは、その自分以外には自分はいないと言った。まさにそうだと俺も思う。俺は、いい加減な生き様をしていたと思う。

俺は、どこかに違和感を感じながらも、党は誤ることはない、党の理論は社会科学の理論で組み立てられていると信じ込もうとしていた。党の綱領は、日本人民の欲求から生まれ出たモノだったのだろうか。もしそうであったのなら、俺のささやかな活動の中でも、その手応えを、少しでもくみ取ることができたはずだったろう。ソビエト軍に解放されたチェコスロバキアは、人民が幸せに暮らしているのだろうか。

また、門馬教授は、読み手の観点から、文学作品を分析し、主題を吟味し、構成を明らかにし、文体の特色をあげて、文学作品の鑑賞の方法を提示してくれた。それを聞きながら、俺の中にはじけるものがあった。読み手の観点というのは、作品の外側から眺めてゆく。そうであるなら、書き手の観点というのは、まさに作品の内側から組み立ててゆくものに違いない。

もしかしたら、門馬教授は、間接的に文学創作の方法を教えてくれているのかもしれない。

＊

教室から外に出ると、腹に違和感がある。校舎の前のベンチに腰を下ろす。みぞおちが痛くなってきた。ずきんずきんと、刺すような痛みが脈動する。俺は何が起きたのか分からない。ともかく帰って寝ようと、三畳間へ戻った。布団の中にもぐり込んだが、痛みは激しくなってくる。痛みが広がった。右腹も膨れるように感じる。どうもただごとではない。

俺はこの辛さを教会の誰かに訴えたかった。しかし、それは思いとどまった。この教派の人たちは、病気は人間が誤った心遣いをした結果であるという。だから、患者が心遣いの誤りを理解するように諭される。ついで「取り次ぎ」と称して神の加護を祈り、患部をなでさする。

俺には、それがなぜ効験をあらわすのかが分からない。それに俺は、この教派の神に、手を合わせたことはあるが、信仰した自覚はない。だから、俺は教会の厄介者なのだ。そんな俺の激痛を「取り次ぎ」が解消してくれるとは思えない。

俺は母の所へ行くことにした。祈望館には診療所がある。表参道駅から地下鉄に乗る。幸いに空席に坐れた。吐き気もしてくる。一つ一つと停車する度に、歯を食いしばって耐えた。

四十分足らずの浅草までの行程は、気が遠くなるほど長かった。

東武線曳舟駅で下車。目を開いているのがやっとだった。もうすぐだから。励ましながら祈望館にたどりついた。母は俺を認めて、顔色を変えた。

「お母さん、我慢できない」

俺は母に連れられて、館内の診療所に入った。すぐに寝台に寝かされる。

常駐している医師が、俺の腹部に触れ診察した。

「急性の虫垂炎ですね。すぐに処置しましょう」

医師は看護婦に何かを命じた。そして、

「そっと起き上がって。麻酔を注射しますからね」

腰にずきんとした痛みが走った。そして再び横たわる。周囲では、がちゃがちゃと器具のぶっつかるような音がしている。手術の準備なのだろう。医師が俺の顔を見下ろしながら、

「それじゃ、指を折って、一つ、二つと数を数えていってみて」

「一つ、二つ、三つ、四つ、五つ、六つ……」

痛みが消え、すっとあたりが暗くなってゆく……。

＊

暖かい……。

かすかに何かの気配……。

瞼に赤い無数の渦巻き……。

見える。ぼんやりと見える肌色の文様。視野が広がってゆく。眼に映じているものが形となってきた。

俺は横たわっている。寝台に寝ているのだ。肌色の文様は天井だ。左手の窓から日差しが射し込んでいる。それがまぶしい。

頭の芯から、少しずつ目覚めてくる。ようやく俺は状況を理解できた。俺は手術の後、母の居室に運ばれていたのだ。体を動かそうとしたが、痛みには勝てず、じっとしている。

扉が開いて母が入ってきた。

「眼が覚めたのね。よく寝ていたわよ」

もうすぐ昼だという。昨夕から十数時間は熟睡していたのだ。

腹の皮に突っ張るような痛みがある。でもその痛みは、昨日のそれとはまるで違う。熱っぽくじんじんするが、あの締め付けられるようなものではない。ほっとする思いだ。

掛けられている布団が持ち上がっている。何か特別の処置でもしてあるのだろうか。

「布団が膨らんでいるね」

「ああ、それはリヒカ」

「何それ」

「リヒカは離被架《りひか》よ。傷口を布団が圧迫しないようにしているの。鉄パイプで半円形のトンネルのようなもの」

両手を伸ばすと、腹部と布団の間に空間があった。その空間の温もりが心地よい。

「のどが渇いたよ」

「水分はしばらくダメ」

こうして一週間。俺はリヒカに覆われて寝台にいた。十日目に抜糸。数日間を母の室で静養した。

＊

原宿の下宿に戻り、少しふらつきながらも授業に出はじめた。そして数日目の午後……。

腹が膨らんでくるような感触に襲われた。数日間、便通がない。そのせいだろうと、便所に入ったが排便できない。吐き気もしてきた。前回の痛みと不快感とはまるで違う。背筋から痛みが放散しているような気分だ。腹の内部で、異変が起きている。

俺は再び母の元へと急いだ

腹部が重い。便意はある。締め上げられるように苦しい。息を詰めるように、その苦しさをこらえる。どうしたことだろう。その痛さが和らいだ。ほっと一息入れる。すると逆巻く波のように、痛みが沸き起こる。

都電で早稲田から神田須田町まで。電車の揺れが、腹に響く。脂汗が出ている。俺はカバンを胸元に持ち上げ、両腕で力の限りに抱きしめる。さらに神田から地下鉄で浅草まで。そして曳舟で東武線の電車を降りた。体が冷たい。息苦しくなってきた。

くずおれるように、俺は祈望館の扉を開いた。看護婦に抱きかかえられて、診察室に入る。

医師は俺の腹部に触れた。かたわらの看護婦に、

「高圧浣腸してみます」

腕木の下に透明な薬剤の入った瓶が運ばれてきた。その下部から一本のゴム管が伸びている。俺は腰を持ち上げる。肛門に何か器具が挿入された。液体が注入される。それは冷たい。深くには入っていない。すぐに肛門から流出するのが分かった。

医師は、眉をひそめて少し様子を見ていた。すぐに状況を見極めたというふうにうなずいた。

「腸閉塞に間違いありません。すぐに、開腹します」

俺の周辺は、にわかに慌ただしくなった。

医師が二人になった。二人で手短に話し合うと、白衣を着替えはじめる。医師は病状について、何の説明もしてくれない。看護婦は俺に目もくれずに動いている。

看護婦が俺の腹部をアルコール綿で消毒する。ガラガラと音を立ててカートが三つ、寝台の両側に置かれた。

二人の看護婦が俺を両脇から抱え起こした。腰に注射針が挿入され、また、寝かされた。「ゆっくりと声を出して数を数えてみて下さい。それじゃ、ひとーつ、ふたーつ」

俺はそれにならう。

「ひとーつ、ふたーつ、みっつ……」

音もなく、静かに奈落に落ち込んで行く……。

名状しがたい痛み。
激痛のただ中に俺がいる。
何かがうごめいている。
深い、暗い空間。
何かを感じている。
何もかも手応えのない感触。
頭の芯に、小さく光っている何か。
その何かから光が走る。
瞼。
眼が開いた。
ぼんやりと何かが見える。
ひんやりとした冷たさ。
冷たさに包まれている俺。
数人の白衣。白衣の数人。
眼の前に見える奇妙な盛り上がり。
それは薄桃色の群雲なのか。
その下に数多くの銀色のかんざしが……
「きわめて危険ですが、麻酔を追加するしか……」

ふっと暗く溶け込んで行く……

ほっと目覚めた。腹部にうずく痛みのせいだ。その痛みは、腹の中をかきむしったのとは違う。とはいえ、なまなかな痛みではない。体は温かい。そして少し頭痛もする。

「意識が戻ったようです。これで大丈夫でしょう」

医師が俺の腕をとって脈拍を数えている。その横に母の顔もあった。

何がどうなったのだろう。俺は祈望館に駆け込んだ。腸閉塞だと診断され、手術台に横たわった。そこから先のことは記憶にない。でも、腹部の痛みは、手術が無事に終わった証だ。

助けてもらったのだ。よかったと思う。安堵感に充たされる。

でも待てよと思う。今回の手術は、先回のそれとは異なっていた。俺は手術の最中に、何かを見た。何かを感じた。それは何だったのだろう。もしかしたら、それは俺の見た夢の断片だったのだろうか。

それは今の俺の意識の奥底で明滅している。

俺はまた、リヒカが作り出す空間で、腹部をいたわりながら寝ている。

数日間、水は口にできない。わずかに唇を湿らすだけだ。

一週間ほどして、重湯を与えられた。ほの温かい流動物が、食道へ下りていく。胃が働いているようだ。やがて体の中を、精気が流れて行くように感じる。生きているのだと実感する。軽く腹がはって、わずかにおならが出た。

そばで看取っていた母が、

「今の音、おならなの」

「うん」

「よかったわね。ガスが出ると、大丈夫なのよ」

母の顔に笑いが浮かんだ。

回診に来た医師が、

「お母さんから聞きましたよ。ガスが出たそうですね」

「ええ」

「今回のあなたの手術は、腸閉塞を処置したの。あなたを虫垂炎、つまり俗に言う盲腸で、開腹手術をした際、腸と腹壁、腸同士の癒着が必ず起こります。その癒着した部分を中心にして腸が折れ曲がったり、癒着部分が腸を圧迫して、腸が詰まる症状が出る場合があります。それが起きたのです。そして、あなたの場合は、腸に酸素や栄養分を補給する血管が入った膜も圧迫されて、血流障害が起きていました。絞扼性《こうやくせい》腸閉塞という症状です。これは非常に危険な症状です。このため、約一メートルの壊死《えし》した腸を切除して縫合したのです。食べ物を食べて、ガスが出たということは、腸の中を不具合なく流動していることを意味するんですよ。あなたの体力が弱っていて、手術に耐えられるかどうかが、問題でしたけれど、ここまで来ればもう大丈夫。あとは安静にして静養して」

医師はそれだけ言うと、室から出て行った。

俺の病状のことは分かった。体力が回復すれば良いのだ。だが、医師は話の途中で、気になることを言った。母に聞こう。

「手術に耐えられるかどうかが問題だったって何のこと」

母に戸惑いの影が走った。しかし、母は口を開いた。

「盲腸の手術の時にも、あなたの体は衰弱していると言われていたの。そして、腸閉塞でしょ。お医者さんは、体力のことを考えて、麻酔の量を最小限に抑えていたの。ところが、開腹してみると、簡単には処置できなくて、お医者さんが二人がかりで取り組んだの。でも、予定時間より長くなったの。そしたら、麻酔の効果が切れたのね。あなたに意識がもどったんでしょ。あなたは、突然、断末魔のような叫びを上げたのよ。内臓が盛り上がったわ。このままでは、手術は続けられない。麻酔を打てば、生命の保証はできない。でも打たなければ、確実に死ぬ。どうしますと、言われたわ。あたしは、麻酔を打って下さいってお願いしただけ」

「ありがとう、お母さん」

母は俺の手術に立ち会っていたのだ。命がけで麻酔を打つ決断をしたのだ。

医師と母の話から、俺のおかれていた状況と経過は分かった。二人の医師と数人の看護婦と立ち会っていた母、その人たちの技術と協力、母の決断が俺を救ったのだ。俺は生かされている自分を感じる。

そして、俺が目覚める前に見たものは、何であったのだろうかと思う。

俺は、あの眼にしたものを、改めて描き出そうと思う。

俺を取り囲んでいた白衣の群は、手術に関わった人たちだ。

俺の眼の前に盛り上がっていた薄桃色の群雲《むらくも》は、取り出された腸の塊だったのだ。その周りにきらきら輝いていたかんざしは、外科手術用の鉗子《かんし》に違いない。はさみ形で開腹部の皮膚をつまんで、広げていたのだ。

俺は否応なく、自らの生理的な内部を目撃したのだ。あの内臓を腹に収めたことで、今、俺はある。俺は内臓ではない。内臓は俺の一部だ。

そして俺は寒かった。ひんやりとした冷たさを全身に感じていた。あの冷たさの先には、疑いもなく死があったのだろう。つまり、俺は生の限界にいたのだと思う。

あのぼんやりとした感触は、俺が俺であることの証ではないのだろうか。あのあやふやなとらえどころのない浮遊感は、何だったのだろうか。

俺は、東洋哲学科のゼミナールで、十世紀の末、天台宗の学僧・源信が著した『往生要集』の講読を思い出した。それは、日本で生み出された最初の死の哲学だ。その一節に、

一切衆生臨終之時。刀風解形死苦来逼

（一切の衆生は臨終の時、刀風形を解き、死苦せまり来る）

ここに言う「刀風解形」とは、人生の終末の緊迫した時の刻みを、簡潔にしかも鋭く描写して余すところがない。それは凄絶な闘争を想像すればよい。戦士は相対する敵に向かって、刀を振るう。一瞬の風に刀が舞う。刀が一瞬の風を起こすのだ。敵の刀に触れると、人はたちまち裂ける。その一瞬の戦慄に生が断たれるのだ。

あの俺の感じた冷たさは、まさにそれではなかったのだろうか。

俺は、いくつかの映像の断片を見た。その一つ、一つ、見えていたモノだけがある。俺がぼんやりとした意識の中で、体感していた時間は、どれほどであったかも分からない。俺の見たのは映像だ。表象と言っても良いだろう。

俺の瞼に残り、今も心に刻まれているのは、何かがうごめいているのではない。うごめいている何かなのだ。俺は寒かったではなく、寒い俺だった。医師が何かをしているではなく、何かをしている医師なのだ。俺は、これまで、医師が何かをしている。または、何かをしている医師がいる。こう表現してきた。でも、その表現は、俺の体感とは明らかに異なる。医師と何かとは、分かちがたい。しかも、それらの映像は、焦点を結ばず、ぼんやりとしか見えなかった。何がどうであったと言うことはできない。いわば、そこには主語だけがあって、述語がないのだ。むしろ、主語の中に述語がくるまれているのだ。

俺が何かを言う時、主語と述語によって、まとまった一つの意味内容を表現する。そうすることで、整理はできる。しかし、それはあの体感とは、すでに異なっている。そこには主語も述語もなかった。主語も述語も渾然としていたと言っても良い。だから、それを主語と述語に分けようとすると、体感からは遠くなる。

もう一つ、解きがたいことがある。それは眼にしたり、感じたりしていた俺が、実にあいまいだったことだ。

あの時、俺の中には、俺という明確な意識はなかった。何かが見えていたのだ。

医学的には、麻酔による意識の混濁と言うのかも知れない。医師の患者に対する所見としては、そうなるだろう。一人の患者の手術が行われた。そしてそれは成功した。それは事実だ。だが問題は、患者であった俺自身の、その事実の受け止め方だ。俺の体感は、俺にとっての特有のものであって、他の人のそれではない。

俺はそれまで、俺自身の芯、つまり自我といわれるものが、確固とした、あるいは揺るぎないものと思っていた。体が冷たくなっている時に、俺は無重力の世界にいるような浮遊感に浸っていた。虚空の中に俺一人。それこそがまさに俺だと感じた。それは時の流れと共に変転する俺だ。寄りかかるものもなくおぼつかなく俺はあるのだ。俺が俺であることすら、ぼんやりとしたままに、俺は俺である。今俺は、それが俺の核であり芯なのだと思う。

また、体が冷たくなっていく先に、無明の闇があることを感じていた。俺は、生と死の境界にあったのだと思う。恐怖も戦慄も感じてはいなかった。闇の空洞に入っていくような感じだった。さらに思うことがある。それは時間のことだ。あの時、俺の中には時計はなかった。あの時、俺にとっての時間とは、心と体に感じる変転だった。それは物理的な時間ではなかった。

変転する意識が時間だった。俺の意識が内に凝縮したのか、外に拡散したのか、そのいずれとも分からない。

言葉として整理しようとすると、あの生々しい混沌とした情感から離れる。俺は俺のこの体感を、そのままにして大切にしまっておこうと思った。

ベッドで十日ほど安静にしていた。医師は下腹部の縫合部から抜糸した。リヒカが取り外され、布団の重みを腹に感じた。回復してきたのだ。さらに一週間を母のもとで過ごした。

原宿に戻り、大学に顔を出した。早足に歩くと、少し足がふらつき、腹の皮がつった。

＊

俺は、図書館裏の入り口階段に腰を下ろす。

文学部前の広場には、授業に出る学生、仲間と語る学生、それぞれがいつものように群がっていた。何も変わったことはない。見慣れた光景だ。

しかし、俺にはなぜか変わって見えた。知っている顔、知らない顔、さまざまな顔がある。その群像の一人一人の輪郭が鮮やかに映るのだ。みんなそれぞれの青春というのか、人生をきざんでいるのだと。そう感じるのは、俺自身がまさにそうありたいと、思っているからだと気づいた。党の中で自分を見失っていたからだ。

「耕平、元気か」

振り向くと石丸太郎だ。

「太郎、君はどうしていたんだ」

「俺は三月に、小河内村で逮捕された」

「それは知ってるよ。その穴埋めに俺も行ったよ」

「俺は、逮捕されてから完全黙秘で、氏名を名乗らなかった。そこで俺は二十三号と留置番号で呼ばれていた。俺の罪名は、山林法違反、これは他人の山林に入ってマキにする木を切ったというんだ。

それから住居不法侵入、これはほったらかしになっていた飯場小屋で寝泊まりしていたことさ。これで半年、八王子の刑務所に入っていた。そして釈放さ」

「俺の方は、盲腸、腸閉塞の手術が重なり、死に損なったが、元気になったばかりだ」

「耕平、これから何をする」

「授業に出る。卒業しなきゃ。太郎はどうなんだ」

「俺もお前と同じさ」

「党はどうする」

「授業に出る。これが答えだ」

「俺たちは、このところ、何をしていたんだろう」

「俺は人間が人間を抑圧することには、今でも反対だ。でも、党のやり方でやることが正しいのかどうかに疑問を感じている。もっとはっきり言えば、武力闘争は、党の幻想だ。耕平はどうなんだ」

「俺は、その幻影におどった自分の愚かさを反省している」

「それでどうするんだ」

「ちょっと照れるけど、教室に行くと落ちつく。授業を聞いているのは悪くない」

「俺もさ、刑務所の中で、授業に出たいなと思ってた」

「バレンチーナ先生の教室に行こう」

俺たちは立ち上がった。

イチョウ葉が色づいている秋の学園……。

鈴木茂夫（すずき・しげお）

1931年生まれ。本籍・愛知県。船会社に勤務していた父に伴われ、日本と台湾で幼少年時代を過ごす。基隆・双葉小、大阪・五条小、台北・錦小、高雄・堀江小、高雄中学、台北四中に在学。
1946年　愛知県立惟信中学校第四学年に編入。
1949年　愛知県立惟信高等学校卒業。
1954年　早稲田大学第一文学部ロシア文学科卒業。
1954年　TBS（東京放送）入社。
　　　　テレビニュース・チーフディレクターなど。
1995年　佛教大学文学部佛教学科卒業。
著書に『台湾処分　一九四五年』『アメリカとの出会い』（同時代社）『30代からの自転車旅行のすすめ』『東京自転車旅行ノート』などがある。

現住所　〒190-0032　東京都立川市上砂町3-17-2
電話　042-536-2328
E-mail：sergei@da2.so-net.ne.jp

早稲田細胞・一九五二年

2007年6月20日　初版第1刷発行

著　　者　鈴木茂夫
カバーデザイン　桑谷速人
発 行 者　川上　徹
発 行 所　㈱同時代社
〒101-0065　東京都千代田区西神田2-7-6
電話 03-3261-3149　FAX 03-3261-3237
印刷・製本　株式会社 小田

ISBN978-4-88683-608-3